AtV

LYDIA ADAMSON ist das Pseudonym einer bekannten amerikanischen Krimiautorin. Bisher im Aufbau Taschenbuch Verlag erschienen: »Eine Katze kommt selten allein«, »Eine Katze macht Theater«, »Eine Katze im Wolfspelz«, »Eine Katze bittet zum Tee«, »Eine Katze hinter den Kulissen«, »Eine Katze schlägt den Takt«, »Eine Katze ist kein Engel«.

Eigentlich hatte Alice Nestleton, verkannte Schauspielerin und im Nebenjob Catsitterin, erwartet, endlich die große Filmrolle ihres Lebens zu bekommen, als sie sich mit einem Produzenten in dem chinesischen Nobelrestaurant in New York traf. Statt dessen wird sie Zeugin eines brutalen Mords an einer Kellnerin. Ungewollt verstrickt sie sich in mysteriöse chinesische Angelegenheiten: sie beobachtet einen betagten Akupunkteur, der mit etwas Verbotenem handelt, sucht bei einer Chinesin hinter einer Glastür nach der schönen roten Tigerkatze aus dem Restaurant und stürzt sich Hals über Kopf in eine heftige Liebesgeschichte mit einem zehn Jahre jüngeren Polizisten halbchinesischer Herkunft. Erst nach vielen Irrwegen kann sie das Geheimnis des Mordes und der roten Tigerkatze lösen.

Lydia Adamson

# Eine Katze sitzt im Glashaus

Kriminalroman

Aus dem Amerikanischen
von Christine Pavesicz

Aufbau Taschenbuch Verlag

Titel der Originalausgabe
A CAT IN A GLASS HOUSE

ISBN 3-7466-1175-X

1. Auflage 1998

Umschlaggestaltung Torsten Lemme
unter Verwendung einer Illustration von Rainer Fischer
Satz LVD GmbH, Berlin
Druck Elsnerdruck GmbH, Berlin
Printed in Germany

# 1

Mit ausgestreckten Armen hielt ich den großen, schönen Bushy über das Sofa; sein prächtiger Maine-Coon-Katzenschwanz krümmte sich beunruhigt unter seinem Körper, und seine großen Augen starrten mich mißtrauisch an.

»Bushy, ich glaube, ich werde ein Filmstar. Was sagst du zu dieser tollen Neuigkeit?«

Er entwand sich meinem Griff und sprang leichtfüßig auf den Teppich. Konsterniert marschierte er mit hocherhobenem Schwanz davon. Nun, Bushy ist eine skeptische Katze. Ich war ja selbst skeptisch gewesen, doch es tat sich wirklich was.

Am frühen Morgen hatte mich meine Agentin angerufen. Sie sagte mir, ein Mann namens Brian Watts wolle wissen, ob ich Interesse hätte, in einem Film mitzuwirken. Es handele sich um eine englisch-französische Produktion, die auf Malta gedreht werden sollte. Jawohl, auf Malta, das ich geographisch nur »irgendwo im Mittelmeer« einordnen konnte. Der Regisseur war Franzose – Claude Braque, von dem ich schon gehört hatte. Und der Film war ein Politthriller über die IRA und den britischen Geheimdienst. Ich sollte eine böse CIA-Agentin à la Garbo darstellen.

»Seien Sie freundlich zu ihm«, sagte meine Agentin

zum Abschluß. »Sie zahlen sehr gut.« Nach ihrem Tonfall zu urteilen, hielt sie mich für eine Art schwachsinnige Catsitterin, der man im Hinblick auf den Umgang mit Leuten vom Film nicht trauen konnte.

Zu Mittag rief Brian Watts an. Er war in Toronto und würde gegen sieben Uhr abends auf dem Kennedy-Flughafen landen. Ob wir uns in einem Restaurant in der Innenstadt treffen könnten, so gegen acht? Vielleicht bei Dan Wu, dem neuen vegetarischen Chinalokal in Tribeca? Natürlich, sagte ich. Ich wäre entzückt, sagte ich. Und das stimmte auch. Dan Wus Restaurant war ein gastronomisches Kleinod. Das hatte ich zumindest gelesen. Und ich hatte auch gelesen, daß der Preis einer einzigen Mahlzeit dort so hoch war wie meine halbe Monatsmiete. Aber Brian Watts würde ja die Rechnung übernehmen. Ja, ich war wirklich entzückt.

Schließlich war Dan Wu der Autor von *Fünf Geschmacksrichtungen*, einem der besten chinesischen Kochbücher, die je geschrieben wurden. Ich hatte es vor drei Jahren gekauft, bis jetzt aber erst ein Rezept ausprobiert – Ingwerente. Ein Fiasko ...

Bushys skeptische Reaktion traf mich daher nicht wirklich. Ich dachte bereits an das bevorstehende Abendessen.

Ich verbrachte ein paar Stunden mit Tagträumen – ich malte mir aus, was ich mit den Unmengen Geld anfangen würde, die mir mein ziemlich verspätetes Filmdebüt einbringen würde ... und ob ich – wenn ich für den Preis für die beste Nebenrolle nominiert war – zur Oscar-Verleihung erscheinen würde oder nicht.

Um sechs Uhr mußte ich mich entscheiden, was ich anziehen sollte. Was trägt eine einundvierzigjährige

Theaterschauspielerin / Catsitterin, wenn sie in einem noblen Restaurant in Tribeca – für einen Film – umworben wird? Nun, da das Restaurant in Tribeca war, mußte ich etwas *underdressed* sein, um »in« zu sein. Und da es sich offenbar um eine große Rolle und eine Menge Geld handelte, mußte ich auch ein wenig elegant sein. Also entschied ich mich für ein knöchellanges rosa Vamp-Kleid, über das ich eine ramponierte kurze schwarze Jeansjacke zog, die mir mein Freund Basillio einmal als Gag geschenkt hatte. Keine Ohrringe. Das lange, blonde Haar mit den grauen Strähnen trug ich offen.

Pünktlich um acht traf ich bei Dan Wu ein. Und Brian Watts erwartete mich bereits vor dem Restaurant. Als ich ihn im Licht der Fassade sah, sank mein Mut. Er war zu alt für die Designer-Jeans, die er trug. Er war zu schlecht in Form für die Hi-tech-Joggingschuhe an seinen Füßen. Und er war zu nervös für das sehr teure und sehr schöne Seidenjackett in verschiedenen Grautönen, das aussah, als wäre es sorgfältig zerknittert worden, damit es diesen lässigen Look erhielt.

Trotz seines britischen Akzents fühlte er sich anscheinend in Hollywood ganz zu Hause, und in dem Augenblick, als wir gemeinsam das Lokal betraten, begann er einen Monolog, in den er ständig irgendwelche Namen wie Bobby und Swifty und Larry einfließen ließ. Keiner dieser Namen sagte mir etwas, aber für Mr. Watts waren sie alle offenbar sehr wichtig.

Das Restaurant war atemberaubend. Der große Saal war kreisförmig. Die Wände waren weiß und schmucklos. Die runden Tische ganz aus Glas. Die Stühle waren ebenfalls aus Glas und hatten schwarze Sitz- und Rükkenpolster. Auch das Geschirr und das Besteck waren aus Glas, mit Ausnahme der Stäbchen und ein paar anderer Utensilien, die aus schwarzem Holz und sehr elegant waren.

Die Serviererinnen waren schöne junge Chinesinnen, alle ganz individuell gekleidet.

In der Mitte des großen Saales befand sich die Küche – sie schien dem Boden entsprungen zu sein, mit allem Drum und Dran und nach allen Seiten offen, ganz aus blitzendem Edelstahl. Man konnte von jedem Platz in diesem Saal jedes Stadium der Speisenzubereitung verfolgen.

Aus diesem kreisförmigen Raum führten vier Türen hinaus – zu den Toiletten, zur Garderobe und zu dem Raum, in dem das schmutzige Geschirr gewaschen wurde.

Die umfangreiche, ausschließlich vegetarische Speisekarte versetzte mich regelrecht in Verzückung. Ich kannte nicht ein einziges Gericht darauf. Natürlich erkannte ich viele der Zutaten, aber nicht die Speisen selbst. Zum Beispiel wußte ich sowohl was Sojasoße als auch was Ingwer ist, doch ich hatte nicht die leiseste Ahnung, wie »in Soja marinierter geraspelter Ingwer« aussehen oder schmecken würde. Mir schwirrte schon vom Lesen der Kopf. Schließlich liebe ich die chinesische Küche. Die wunderbarste Entdeckung, die ich machte, als ich nach New York zog, war, daß man immer und überall alle möglichen Variationen der chinesischen Küche bekam. Eine Offenbarung für ein Mädchen vom Lande. Und jetzt, über zwanzig Jahre später, fühlte ich mich wieder wie ein Mädchen vom Lande, denn das hier war für mich eine völlig neue Spielart der chinesischen Küche.

Brian Watts begann von einem Abendessen mit Sue

und Denny in einem Chinarestaurant irgendwo südlich von Los Angeles zu erzählen. Er dachte ganz offensichtlich, ich wüßte, wer die beiden waren. Ich wußte es nicht. Ich schenkte ihm ein Lächeln und wandte mich wieder der Speisekarte zu. In meiner Branche kommt man nie vor dem Dessert zur Sache.

Ich las die Speisekarte wie einen Roman. Brian Watts fuhr mit seinem Monolog fort. Ich blickte von Zeit zu Zeit von der Speisekarte auf und starrte ihn an. Er hatte ein attraktives Gesicht, nur ein wenig aufgedunsen. Sein Blick schweifte beim Sprechen durch den Saal, als suche er irgendwelche Freunde. Ich empfand ihm gegenüber weder Zu- noch Abneigung. Wir fühlten uns miteinander sehr wohl. Es war alles ganz und gar unwirklich, aber das machte keinem von uns etwas aus.

Schließlich traf ich meine Wahl. Als ersten Gang wollte ich die »süße Erdnußsuppe mit Erdbeeren« essen. Danach »geraspelten Tofu mit goldenen Nadeln, Pilzen, Holzohren und Eiern«.

Allein der Kellnerin meine Bestellung aufzugeben war aufregend. Natürlich hatte ich absolut keine Ahnung, was »goldene Nadeln« waren.

Jetzt sah mich Brian Watts zum ersten Mal lange und aufmerksam und etwas kritisch an ... und mir wurde erstmals klar, daß er mich auf jene seltsame Art ansah, wie »kultivierte« Männer oft Frauen ansehen, die sie mißbilligen.

»Was Sie da gerade bestellt haben«, bemerkte er, »ist bloß eine Art vegetarisches Mu Sychu Ru.« Da ich nicht wußte, was »Mu Sychu Ru« war, konnte ich dazu nichts sagen.

Ich lächelte. Er begann wieder zu reden. Er war mir jetzt noch sympathischer. Mein Blick wanderte zu der

Kücheninsel aus Edelstahl, in der weißgekleidete Genies unglaubliche Geschmackserlebnisse kreierten. Man konnte zwar sehen, wie sie mit Töpfen, Feuer, Woks und Messern hantierten, aber es war kaum etwas zu hören.

Dann sah ich die Katze. Eine riesige rote Tigerkatze, die wie eine Stoffpuppe hoch oben auf einem der Edelstahlborde ein Schläfchen hielt.

Das einzige an dem getigerten Körper, das sich bewegte, waren der Schwanz und eine zuckende Pfote. Was für ein herrlicher Platz für ein Nickerchen, dachte ich. Und was für eine wunderschöne Küchenkatze!

Ja, Dan Wus Restaurant war ein sensationelles Lokal. Daran bestand kein Zweifel.

Unsere Serviererin kam und stellte eine Glaskaraffe mit heißem Tee und zwei kleine gläserne Tassen auf den Tisch.

Fachmännisch faßte Brian Watts die Karaffe an ihrem langen Hals und begann Tee in meine Tasse einzuschenken. Einen kurzen Augenblick geriet ich in Panik. Hatte Brian Watts denn keine Großmutter gehabt, die ihn ermahnt hatte, unter keinen Umständen jemals heißen Tee in ein Glas zu gießen, ohne vorher einen Löffel hineinzugeben, damit es nicht zerspringt? Offensichtlich nicht. Aber es spielte keine Rolle. Das Glas zersprang nicht.

Erleichtert lehnte ich mich zurück. Brian und ich lächelten einander zu.

Dann sah ich wieder auf die Küchenregale hinauf. Der rote Tiger war aufgewacht, blickte blasiert auf die Leute hinunter und zählte die Gäste. Was für eine schöne Katze!

Plötzlich traten mir die Tränen in die Augen. Ich blinzelte. Die rote Tigerkatze hatte in mir die Erinnerung an ein wunderschönes Bild aus meiner Kindheit geweckt: wie sich meine Großmutter mit Henrietta auf dem Schoß auf ihrem Stuhl in den Schlaf schaukelte. Großmutter hatte Katzen für drinnen und für draußen gehabt, Hauskatzen und Hofkatzen – aber sie hatte nur eine Schoßkatze: die große alte rote Tigerkatze Henrietta.

Ich verspürte ein überwältigendes Bedürfnis, zu dem Regal zu laufen und die rote Tigerkatze herunterzuholen. Dann würde ich sie mit an den Tisch nehmen und sie auf meinem Schoß schaukeln ... genau wie Großmutter Henrietta geschaukelt hatte. Aber ich rührte mich nicht vom Fleck.

Doch die rote Tigerkatze wußte, was ich dachte. Das konnte ich sehen. Ich konnte es spüren.

Erneut lächelte ich Brian Watts zu, womit ich ihm zu verstehen gab, daß ich ihm wieder zuhörte.

»Sie haben doch mal in Montreal Repertoiretheater gespielt, nicht wahr?« fragte er.

Zweifellos – er hatte ein sehr attraktives Gesicht. Ein wenig wie Terrence Stamp.

»Ja, stimmt. Shakespeare.«

»Dann haben wir wahrscheinlich gemeinsame Bekannte da oben«, bemerkte er.

Ich gab keine Antwort. In diesem Augenblick passierte etwas sehr Seltsames.

Es wurde absolut still im Restaurant. Es war ohnehin nicht sehr laut gewesen, nur das übliche leise Gemurmel und die gedämpften Geräusche aus der Edelstahl-Kücheninsel. Doch selbst diese minimalen Geräusche verstummten. Ich will damit sagen, es wurde wirklich totenstill in dem Lokal.

Ich sah Brian Watts an. Er starrte an mir vorbei, und

sein Gesicht war blaß geworden. Ich drehte mich auf meinem Stuhl um, um zu schauen, was er sah.

Etwa drei Meter vom Eingang entfernt standen nebeneinander in lässiger Haltung drei junge Männer. Es waren Chinesen. Sie sahen gut aus und waren gut gekleidet. Sie wirkten sehr jung, fast noch wie Teenager. Sie trugen viel zu große, viel zu lange Jacken und dazu Hemden und Krawatten.

Jeder von ihnen hielt einen häßlichen kleinen, schwärzlichen Gegenstand in den Händen, ganz sanft, als wäre es ein Vogel.

Dann löste sich einer von ihnen aus der Gruppe und trat an eine Wand. Er zog eine Spraydose aus der Jakkentasche und begann mit roter Farbe ein einziges großes chinesisches Schriftzeichen an die strahlend weiße Wand zu sprühen.

Die Empfangsdame kam aus der Edelstahlküche heraus und ging auf den Graffiti-Künstler zu, ganz langsam, offenbar verängstigt und verwirrt. Sie sprach mit leiser Stimme chinesisch auf ihn ein.

Der Künstler schleuderte die Spraydose auf sie und traf sie am Hals. Die Empfangsdame torkelte zurück. Irgend jemand im Restaurant schrie auf.

Dann begannen sie zu schießen. Brian Watts warf sich zu Boden. Ich auch.

Es war nicht wie im Film. Die Schüsse klangen irgendwie weit entfernt. Ein dumpfes, tiefes Stakkato-Knallen. Doch was sie anrichteten war furchtbar. Die Kugeln durchschlugen die Wände und das Glas und schienen alles zu zerfetzen. Ich hatte solche Angst, daß ich meine Fingernägel in die Handflächen grub, bis sie bluteten.

Dann herrschte wieder Stille. Langsam standen die

Leute auf und blickten sich um, aber es gab nicht viel zu sehen, weil es finster war. Die drei jungen Männer waren verschwunden. Brian Watts half mir auf die Beine.

Die Lampen waren zerschossen worden. Jemand öffnete die Türen, die aus dem großen Speisesaal hinausführten, so daß Licht hereinfallen konnte.

Drei Meter von unserem Tisch entfernt lag unsere Serviererin, das rechte Bein und den rechten Arm ausgestreckt, auf dem Boden. Ihr langes schwarzes Haar, das aufgesteckt gewesen war, verhüllte jetzt ihr Gesicht. Ihre Haare waren von Blut gesprenkelt. Ihr Gesicht wirkte absolut ruhig und entspannt, doch ihre Augen waren weit offen. Sie war ganz offensichtlich tot. Ich begann zu weinen. Ich wollte zu ihr hingehen, doch meine Beine versagten mir den Dienst. Brian Watts versuchte sich eine Zigarette anzuzünden. Ich begann zu zittern. Und dann kam mir ein wirklich merkwürdiger Gedanke: *So lange ich lebe, werde ich niemals erfahren, wie süße Erdnußsuppe mit Erdbeeren schmeckt.*

## 2

An unserem Tisch stand eine dunkelhaarige, kindlich aussehende Polizistin. Sie hatte ihr Notizheft aufgeschlagen. An anderen Tischen standen andere Polizeibeamte mit gezückten Notizheften. Ununterbrochen liefen Polizisten und Sanitäter kreuz und quer durch den zertrümmerten Speisesaal. Die Leiche der toten Serviererin hatte man weggebracht. Auf dem Fußboden war eine riesige Blutlache.

»Darf ich Sie um Ihren Namen und Ihre Adresse bitten?« sagte die Polizistin freundlich, aber bestimmt.

Brian Watts gab ihr drei verschiedene Adressen: eine in Los Angeles, eine in London und eine in Toronto.

Ich sah das Namensschild auf ihrer linken Jackentasche: BRODT. Officer Brodt. Sie fragte uns, wann wir uns zu dem Abendmahl, in dessen Genuß wir nicht gekommen waren, an den Tisch gesetzt hatten, und wann wir die drei bewaffneten Männer gesehen hatten. Dann bat sie uns nachzudenken, woran wir uns in bezug auf die drei jungen Männer erinnerten.

Brian Watts lebte auf. Seine Nervosität und seine Blässe schienen zu verfliegen. Es war ganz offensichtlich, daß er diese Tragödie zum Thema zukünftiger Tischgespräche machen, sie immer wieder erzählen würde wie ein Regisseur, der die Leute mit seinen Erinnerungen an eine besonders schwierige Filmszene unterhielt.

»Es waren Chinesen«, sagte er, »zwischen neunzehn und fünfundzwanzig Jahre alt. Sie hatten lange, aber nicht zu lange Haare. Zwei von ihnen hielten die Waffe in der rechten Hand, einer in der linken. Sie trugen Hemd und Krawatte. Eine der Krawatten war geblümt. Sie hatten Sakkos an, die aber nicht zu ihren Hosen paßten. Solche Jacken waren vor ungefähr zwei Jahren modern, als gerade mal kurz die Mode der vierziger Jahre »in« war. Nachdem die Empfangsdame von der Spraydose getroffen worden war, begannen sie zu schießen.«

Watts zeigte auf die Wand, wo das geheimnisvolle chinesische Schriftzeichen über dem Schlachtfeld prangte.

»Ich habe sie kein Wort sagen gehört«, meinte er noch.

Dann wandte sich Officer Brodt mir zu und wartete darauf, daß ich auch sagen würde, woran ich mich erinnerte.

»Mir kamen sie jünger vor«, sagte ich. »Vielleicht fünfzehn oder sechzehn.« Ich wollte schon hinzufügen, daß sie so jung ausgesehen hatten wie Officer Brodt, hielt mich aber im letzten Augenblick zurück. Es wäre unhöflich gewesen.

»Sind Ihnen irgendwelche besonderen Kennzeichen aufgefallen? Narben? Tätowierungen? Etwas in der Art?« fragte Officer Brodt.

Wir schüttelten den Kopf.

»Haben Sie bemerkt, von wo sie hereingekommen sind?«

»Nein«, erwiderte Brian Watts. »Ich habe aufgeblickt, und da waren sie, standen plötzlich da.« Theatralisch wies er in die Mitte des kreisförmigen Speisesaals. Ich konnte sehen, wie in seinem Kopf Kinobilder Gestalt annahmen. Ob es ein Schwarzweißfilm werden würde? Ich bezweifelte es.

Dann tat er etwas Merkwürdiges. Er schenkte sich noch etwas Tee ein, trank einen Schluck und zog eine Grimasse. »Eiskalt«, sagte er.

Officer Brodt starrte ihn einen Augenblick lang an. Dann klappte sie ihr Notizheft zu, dankte uns für die Zeit, die wir ihr geopfert hatten, sagte uns, man würde sich demnächst mit uns in Verbindung setzen, und trat zu den benommenen Gästen am nächsten Tisch.

»Ich nehme an, wir können jetzt gehen«, sagte Brian Watts, wobei er den Tatort mit fast triumphierender Miene begutachtete, als hätten wir dank unserer Geistesgegenwart überlebt.

Ich gab keine Antwort. Ich fühlte mich auf einmal sehr schwach.

»Dies ist einfach nicht der richtige Zeitpunkt, um über den Grund unseres Hierseins zu sprechen«, sagte er, »also gestatten Sie mir, Sie in einem Taxi nach Hause zu bringen. Ich komme in ein paar Wochen wieder nach New York, und dann können wir uns noch einmal zusammensetzen. Es besteht kein Grund zur Eile.« Er starrte auf die riesige Blutlache auf dem Fußboden. Im Speisesaal war noch immer nicht genug Licht, und die Blutlache wirkte seltsam farblos.

Mit einem Mal wich alles Blut aus seinem Gesicht. »War das unsere Serviererin, die getötet wurde?« fragte er plötzlich im Flüsterton.

»Ja«, antwortete ich.

Lange Zeit saßen wir schweigend da. Dann stand er auf, half mir auf die Beine und führte mich aus dem Restaurant. Er hielt meinen Arm ganz fest, als wären wir zwei Kameraden, die eine schwere Schlacht hinter sich hatten. Das war mir unangenehm.

Sein Benehmen im Taxi mißfiel mir noch mehr. Er fragte mich ständig in übertrieben besorgtem Tonfall, ob es mir auch gut ginge; ob er irgend etwas für mich tun könne; ob ich ein Aspirin oder einen Drink wolle. Ich antwortete immer wieder nur: »Nein, vielen Dank«. Zweifellos teilte er mir gerade eine Rolle in seiner nächsten Dinner-Story zu. Zuerst war sie unpersönlich – seine Bekannte, die während der Schießerei schlappmachte. Und dann konnte ich förmlich hören, wie er mich seinen Hollywood-Freunden beschrieb:

*Ach, Sie haben noch nie von Alice Nestleton gehört? Wie merkwürdig! Sie ist eine ganz hervorragende Schauspielerin ... in Manhattan eine Art Kultfigur. Ist natürlich nie ein Star geworden, aber die Kritiker sind begeistert von ihr. Zumindest einige. Und sie gilt als Exzentrikerin. In ihrer Freizeit arbeitet sie als Catsitterin. Also, Sie haben wirklich noch nie von Alice Nestleton gehört? Eine große Frau mit hellen Haaren – langen*

*Haaren? Etwas über vierzig, würde ich sagen, aber gut erhalten.*

Ja, das alles konnte ich förmlich hören, im britisch gefärbten Hollywood-Jargon.

Als ich aus dem Taxi ausstieg, küßte er mir tatsächlich die Hand. Der Weg hinauf in meine Wohnung war lang und ermüdend. Der Schock steckte mir noch in den Knochen. Zwar war Mord für mich nichts Neues – ich hatte schon Ermittlungen über Morde angestellt, hatte schon Leichen gesehen. Aber nie zuvor war ich mitten drin, noch nie Augenzeuge eines solch gewalttätigen und schrecklichen Mordes gewesen. Ich war noch nie *dabei* gewesen ... direkt *dabei* ... wenn die Kugeln die Wände rundum zerfetzten. Mein bisheriges Leben war zu kultiviert gewesen, als daß ich dieses Erlebnis so rasch hätte abschütteln können.

Schließlich gelangte ich auf meinen Treppenabsatz, sperrte meine Tür auf und ließ mich sofort auf das Sofa fallen.

Im Flur, gerade noch sichtbar im schwachen Lichtschein aus der Küche (ich lasse das Licht in der Küche stets an, wenn ich abends weggehe), saßen meine beiden Katzen – Bushy und Pancho. Es war merkwürdig, sie so still und so eng beeinander sitzen zu sehen. Gewöhnlich haben sie absolut nichts miteinander zu schaffen. Und Pancho, der liebe arme Streuner, ruht sich kaum jemals von seiner endlosen Flucht vor eingebildeten Feinden aus. Doch jetzt saßen sie da wie für ein Porträt.

»Ich bin wieder da«, rief ich ihnen zu. »Aber ob ich ein Filmstar werde oder nicht, das ist noch nicht entschieden.«

Schweigen.

»Und außerdem«, teilte ich ihnen weiter mit, »ist das

Abendessen nicht verlaufen wie geplant. Die Bewirtung wurde auf tragische Art jäh beendet.«

Pancho verschwand. Bushy ging in die Küche. Ich war allein.

Im Sitzen schlief ich – noch in meiner schwarzen Jeansjacke – auf dem Sofa ein. Als ich drei Stunden später erwachte, war es bereits nach Mitternacht. Mein Mund war trocken. Langsam ging ich in meine kleine Küche, um mir Apfelsaft zu holen.

Als ich den Kühlschrank öffnete, blickte ich hinauf auf den Oberschrank, um zu sehen, ob Pancho dort war. Er versteckt sich gern hoch oben.

Nein, Pancho war nicht da. Aber genau in diesem Augenblick – als ich, die Flasche Apfelsaft in der Hand, hinaufschaute –, fiel mir die Katze in dem Restaurant ein.

Was war mit jener wunderschönen roten Tigerkatze passiert, die auf dem Edelstahlregal gedöst hatte?

Rasch ging ich zurück ins Wohnzimmer, die ungeöffnete Flasche Apfelsaft noch immer in der Hand.

Erregt begann ich auf- und abzumarschieren. Warum hatte ich nach der Schießerei nicht nach der Katze gesucht? Warum hatte ich die Katze total vergessen? Schließlich war das nicht *irgendeine* Katze. Nicht wahr?

Es war die Ur-Ur-Ur-Urgroßnichte von Großmutters geliebter Henrietta. Die Katze da oben auf dem Edelstahlregal war eine richtige rotgetigerte Schoßkatze gewesen. Eine Katze, die sehr schöne Erinnerungen geweckt hatte. Irgendwie war das Großmutters Katze gewesen. Da oben auf jenem Regal.

Ich versuchte mir die genaue Reihenfolge der Ereignisse ins Gedächtnis zu rufen. Die Schießerei mußte nur wenige Sekunden, nachdem ich die Katze gesehen hatte, begonnen haben. Nun ja, nicht Sekunden. Vielleicht zwei Minuten. Und nach der Schießerei – was hatte ich da gesehen? Nichts. Zumindest nichts von der Katze. Aber ich hatte auch nicht nach ihr Ausschau gehalten. Ich hatte die arme Küchenkatze vollkommen vergessen.

Das war zuviel; ich konnte es nicht ertragen. Noch einmal brach ich auf dem Sofa zusammen und wiegte die Apfelsaftflasche in den Armen. Das einzig Richtige wäre jetzt ein Bad gewesen, aber ich schaffte es nicht, eines einzulassen, ich konnte nur daran denken.

## 3

Als ich am späten Vormittag des nächsten Tages, so um elf herum, bedrückt meine Wohnzimmermöbel abstaubte, ertönte der Summer. Zuerst ignorierte ich ihn, weil ich dachte, es habe sich jemand geirrt. Doch er summte beharrlich weiter. Wer konnte das sein?

Mein Freund Basillio war in Bucks County, Pennsylvania, wo er sich bei einem sehr erfolgreichen Sommertheater um einen Job als Inspizient bewarb. Er hatte vorübergehend seine Arbeit als Bühnenbildner aufgegeben und wollte nur irgendeinen Job am Theater.

Der Summer läutete weiter, also tat ich, was alle Menschen in Manhattan tun, wenn der Summer ertönt. Ich drückte auf den Knopf, der die untere Eingangstür öffnete. Dann machte ich meine Wohnungstür auf, ließ sie einen Spalt offen, um mich rasch zurückziehen zu können, und stellte mich auf den Treppenabsatz, um spätestens eine Treppe vor der meinen zu sehen, wer heraufkam.

Ich vernahm schwere Schritte und Männerstimmen. Ich bekam Angst. Wer war das? Verbrecher? Oder hatte ich irgend etwas bestellt, das jetzt geliefert wurde, und es infolge des Schocks über die Schießerei vergessen?

Da hörte ich eine bekannte Stimme rufen: »Alice Nestleton! Wäre es nicht an der Zeit, daß Sie in ein leichter erreichbares Stockwerk ziehen?«

Und dann tauchte das gerötete Gesicht von Detective Rothwax auf, meinem alten Freund von Retro, der Spezialeinheit der New Yorker Polizei, bei der ich einmal – sehr kurz und sehr wenig erfolgreich – als Beraterin gearbeitet hatte. Seit meinem Ausscheiden von Retro hatte ich Rothwax oft um Hilfe gebeten, aber immer war ich es gewesen, die den Kontakt gesucht hatte. Ich war erstaunt, daß er mir, noch dazu unangemeldet, einen freundschaftlichen Besuch abstattete. Hinter ihm kam ein weiterer Mann, dem die Stufen nicht soviel auszumachen schienen.

Als Rothwax meinen Treppenabsatz erreichte, grinste er. »Ich hoffe, der Kaffee ist fertig.«

Sobald wir in meiner Wohnung waren, drehte er sich zu seinem Begleiter um und witzelte: »Sei vorsichtig, Sonny, sie hat zwei Killerkatzen, und die kennen kein Erbarmen.«

Rothwax ließ sich schwer auf mein Sofa fallen. »Alice, das ist Detective Emerson Hoving. Wir nennen ihn Sonny. Er ist ein Kollege von Retro.«

Ich schüttelte dem jüngeren Mann die Hand. Er war dünn, dunkel, ernst und sah gut aus. Im Gegensatz zu Rothwax, der Anzug und Krawatte trug, hatte Sonny einen verwaschenen Rollkragenpullover und eine ärmellose Daunenjacke an. Seine Haare waren kohlrabenschwarz und streng zurückgekämmt. Nachdem wir einander die Hände geschüttelt hatten, trat er rasch und elegant einen Schritt zurück – wie ein Sportler oder ein Tänzer.

»Also, Sie fragen sich vielleicht, was zum Teufel ich hier zu suchen habe«, sagte Rothwax und streckte die Arme auf der Rücklehne des Sofas aus, »und ich sage Ihnen, daß dies einer der verrücktesten Zufälle in der Geschichte von Retro ist.«

Ich hatte keine Ahnung, wovon er sprach, und mein Gesicht verriet offenbar meine Verwirrung.

»Es ist ganz einfach, Alice, aber es ist wirklich seltsam. Sonny und ich lasen uns die Liste der Zeugen durch, die die Polizeibeamten nach der Schießerei in dem Chinalokal erstellt haben ... und da stand es vor mir, klar und deutlich wie die Nase in meinem Gesicht: Alice Nestleton. Also dachte ich mir, ich komme mal vorbei und erkundige mich, was Sie ausgerechnet zu diesem Zeitpunkt in einem so stinkvornehmen Lokal taten.«

»Ich wollte dort essen«, antwortete ich. »Aber sagen Sie mir, was Retro mit einer Schießerei in einem Restaurant zu tun hat.«

Detective Rothwax grinste. »Wie ich sehe, sind Sie nicht ganz auf dem laufenden über uns, Alice. Judy Mizener wurde vor ein paar Monaten gefeuert. Retro arbeitete nicht mehr kostendeckend. Also haben wir unsere Zielsetzung geändert. Wir bearbeiten nicht mehr wichtige ungelöste Fälle. Retro kümmert sich jetzt um das organisierte Verbrechen; wir sind Teil der regionalen und landesweiten Initiative zur Verbrechensbekämpfung. Aber keine altmodischen LCN-Fälle.«

Schon wieder dieser Polizeijargon. »Was heißt LCN?«

»La Cosa Nostra. Sie wissen schon, die Mafia. Nein,

Retro befaßt sich jetzt mit den neuen Verbrecherorganisationen in der Stadt. Mit den Russen und den Chinesen, den Jamaikanern und den Dominikanern.«

Der jüngere Kriminalbeamte ging in meinem Wohnzimmer auf und ab. Er schien meine Sachen zu inspizieren.

»Ich verstehe noch immer nicht. Was hatte die Schießerei gestern abend mit dem organisierten Verbrechen zu tun?«

»Dan Wu hat Dreck am Stecken«, antwortete Rothwax.

Dann rief er seinem Partner, der jetzt aus meinem Fenster sah, zu: »Erklär du's ihr, Sonny. Es ist dein Fall.«

Detective Hoving schien Rothwax zu ignorieren. Er sagte kein Wort. Rothwax meinte grinsend: »Sonny ist manchmal ein wenig schüchtern. Also, Alice, ich will es mal so sagen: Wir glauben, daß Dan Wu in ein paar – wie soll ich es nennen – kriminelle Unternehmungen verwickelt ist. Und wir glauben, daß für die Schießerei gestern abend nicht schießwütige chinesische oder vietnamesische Jugendbanden verantwortlich sind, die in schicken Restaurants herumballern, um Schutzgelder zu erpressen.«

Jetzt ergriff Detective Hoving zum ersten Mal das Wort. »Haben Sie eine Serviette?«

»Eine was?« fragte ich.

»Eine Serviette.«

Er hatte nicht den leisesten New Yorker Akzent. Er hörte sich sogar ein wenig an wie jemand, der Sprechunterricht gehabt hatte. Er sprach jede Silbe sorgfältig aus.

»In der Küche«, erwiderte ich.

Rasch ging er in die Küche, holte eine Papierserviette, kam zurück ins Wohnzimmer und hockte sich direkt neben mir hin. Er legte die Serviette auf ein Knie und zeichnete mit einem Bleistift etwas darauf.

»Erinnern Sie sich daran?« fragte er und hielt die Serviette hoch. Darauf war etwas, das aussah wie ein chinesisches Schriftzeichen. Es war dasselbe Schriftzeichen wie jenes, das einer der bewaffneten Männer mit Farbspray an die Wand des Restaurants gesprüht hatte.

»Ist das das Zeichen von irgendeiner Geheimgesellschaft?« fragte ich.

Er lachte laut auf und zerknüllte die Serviette.

»Nein. Es ist das chinesische Zeichen für Suppe.«

»Suppe? Das ist kaum zu glauben.«

»Glauben Sie es.«

»Aber warum sollte jemand dieses Zeichen an die Wand eines Restaurants sprühen?«

»Vielleicht sollte es ein Scherz sein. Oder vielleicht hat ihnen die Suppe dort nicht geschmeckt«, erwiderte er.

Rothwax sagte: »Hören Sie auf Sonny, Alice. Er ist der einzige Polizist bei Retro, der Mandarin spricht. Und seine Mutter ist Chinesin.«

Das ist es also, dachte ich. Ein Eurasier. Kein Wunder, daß er sich grundsätzlich unwohl zu fühlen scheint – obwohl er ein sehr attraktiver junger Mann ist. Er ist ein Außenseiter.

»Wie wär's mit 'ner Tasse Kaffee, Alice? Wenn ich mich recht erinnere, machen Sie sehr guten Instant-Kaffee.«

Ich wollte schon in die Küche gehen, blieb aber stehen und drehte mich wieder zu ihnen um. Die wirklich wichtigen Dinge hatten Vorrang.

»Hat einer von Ihnen etwas von der Küchenkatze gehört?« fragte ich.

»Sie meinen im Restaurant?« fragte Sonny Hoving.

»Ja. In Dan Wus Küche war eine große rote Tigerkatze. Ich beobachtete sie gerade, als –«

Rothwax begann schallend zu lachen und schnitt mir damit das Wort ab. Fast trunken vor Erheiterung stand er auf und packte den jüngeren Kriminalbeamten an der Schulter. »Mein Gott, Sonny, ich habe vergessen, dich vor ihr zu warnen! Sie ist ganz verrückt nach Katzen. Hinter jeder Ecke sieht sie eine Katze. Bei Retro haben wir sie immer die Katzenfrau genannt.«

Sonny Hoving starrte mich verwirrt an. Schließlich sagte er schlicht: »Ich habe im Restaurant keine Katze gesehen. Niemand hat uns etwas von einer Katze gesagt.«

Ich ging in die Küche und machte drei Tassen Instant-Kaffee. Dann legte ich ein paar Scheiben Siebenkornbrot auf einen Teller, nahm ein kleines Glas Apfelbutter, trug alles ins Wohnzimmer und stellte es auf den langen Tisch.

Als Rothwax das Siebenkornbrot sah, verzog er das Gesicht. »Ich weiß, Sie ziehen gezuckerte Donuts mit künstlicher Traubenmarmelade vor«, sagte ich mit einem bösartigen Grinsen, »aber die sind mir leider ausgegangen.«

Bushy gesellte sich zu uns. Wir setzten uns alle hin und tranken steif unseren Kaffee.

Als wir ausgetrunken hatten, öffnete Rothwax schwungvoll seine Jacke und sagte mit übertriebenem Eifer: »Und jetzt, Alice Nestleton, wollen wir genau wissen, was Sie gestern abend gesehen haben. Alles, woran Sie sich erinnern können. Von dem Augenblick, als Sie das Restaurant betraten, bis zu dem Augenblick, als Sie es verließen.«

»Und ich dachte, das sei ein freundschaftlicher Besuch«, erwiderte ich.

Aber dann erzählte ich ihnen alles, was mir von dem Abend im Gedächtnis geblieben war, jede Kleinigkeit, an die ich mich erinnerte: Gespräche, Eindrücke, die Speisekarte, alles.

Als ich fertig war, nickte Rothwax anerkennend und fragte: »Hat die Frau, die getötet wurde, an Ihrem Tisch serviert?«

Wie seltsam! Brian Watts hatte mir genau dieselbe Frage gestellt.

»Ja. Wissen Sie, wie sie heißt?«

Rothwax sah Detective Hoving an und wartete darauf, daß er antwortete. Als der junge Mann schwieg, schlug Rothwax sein Notizheft auf und las vor: »Nancy Han. Neunzehn Jahre alt. Wohnte mit ihrer Mutter in der Innenstadt. Studentin am Fashion Institute of Technology. Vollkommen clean.« Dann klappte er das Heft wieder zu. »Ich glaube auch gar nicht, daß diese Jungs jemanden erschießen wollten. Sie waren schwer bewaffnet, aber sie schienen absichtlich hoch zu zielen.«

Ich ertappte Detective Hoving dabei, wie er mich anstarrte und fühlte mich plötzlich sehr unbehaglich. Ich stand auf und begann die Tassen wegzuräumen. Meine Gäste mißverstanden das als Zeichen zum Aufbruch – und so gingen sie, ganz schnell.

# 4

Zwei Stunden, nachdem die Detectives Rothwax und Hoving meine Wohnung verlassen hatten, wurde ich zornig. Wirklich zornig. Aber nicht, weil Rothwax für meine Sorge um eine Küchenkatze nur sardonische Geringschätzung übrig hatte. Nein. Ich war zornig auf den ganzen Ermittlungsstil, der für die New Yorker Polizei typisch war. Sie machten es auf ihre Art. Sie machten es *immer* auf ihre Art.

Eine schöne junge Frau war tot. Auf die furchtbarste Art und Weise erschossen worden. Und Rothwax und seine Kollegen hatten aus Gründen, die nur sie selber kannten, entschieden, daß ihr Tod ein tragischer Irrtum war, daß die bewaffneten Männer sie aus Versehen umgebracht hatten. Daß diese Männer aus anderen Gründen in dem Restaurant waren, aus Gründen, die Retro für plausibel hielt – die irgend etwas mit dem organisierten Verbrechen zu tun hatten.

Retro hatte entschieden, daß die schöne junge Frau, die am prestigeträchtigen New Yorker Fashion Institute of Technology studierte, ein unschuldiges Opfer gewesen war.

Wahrscheinlich stimmte das auch. Aber Nancy Hans Mutter hatten sie nicht gefragt. Oder? Was sie brauchten, waren Comic-Strips, keine komplexen Dramen. Das entsprach ihren kindlichen Gemütern.

Beruhige dich, Alice, sagte ich mir. Vielleicht haben sie Nancy Hans Mutter ja gefragt. Vielleicht haben sie es mir nur nicht gesagt. Vielleicht untersuchten sie ja viel komplexere Sachverhalte, als sie mir in der kurzen Zeit erzählen konnten.

Mein Zorn war eindeutig fehl am Platz. Aber in meinem Kopf ging etwas anderes vor. Vielleicht traf mich erst jetzt die volle Wucht des Grauens, dessen Zeuge ich gewesen war. Vielleicht lag es daran, daß die rote Tigerkatze so lebhafte Erinnerungen an Henrietta geweckt hatte, die rotgetigerte Schoßkatze meiner Großmutter, die ihr ganzer Stolz und ihre ganze Freude gewesen war.

Und dann gingen mir alle möglichen verrückten Fragen durch den Kopf.

Warum war ausgerechnet die Frau, die an *meinem* Tisch serviert hatte, ermordet worden? Warum nicht eine andere Serviererin? Warum war es gerade die junge Frau gewesen, die *meine* Bestellung aufgenommen hatte? Und warum war diese rote Tigerkatze ein so *genaues* Ebenbild von Großmutters Henrietta?

Ach, solche Gefühle hatte ich schon oft erlebt – aber nur im Zusammenhang mit dem Theater. Oft schon hatte ich eine Rolle gehabt, die ich einfach nicht zu fassen bekam. Die Figur entglitt mir. Egal, wie oft ich das Regiebuch las, egal, wie oft ich den Autor oder den Regisseur zu Rate zog – ich bekam sie einfach nicht in den Griff.

Ich versuchte ein wenig zu schlafen. Ich versuchte zu lesen. Ich versuchte sauberzumachen. Ich versuchte Bushy zu bürsten. Nichts half.

Um zwei Uhr nachmittag wußte ich eines mit Sicherheit: Ich mußte mit Nancy Hans Mutter sprechen. Vielleicht, um sie zu befragen. Vielleicht auch nur, um ihr mein Beileid auszudrücken. Vielleicht, um ihr zu versichern, daß ihr Kind schnell und ohne Schmerzen gestorben war. Ich lachte über meine eigene grausame Arroganz. Ohne Schmerzen? Die Tochter dieser Frau war auf die schmerzlichste Art überhaupt umgekommen – durch reine Willkür. Und wenn nicht durch Willkür, dann hatte man sie zur Exekution auserwählt.

Aber ich *mußte* mit Nancy Hans Mutter sprechen. Ich schlug das Telefonbuch von Manhattan auf. Rothwax hatte gesagt, Nancy Han habe mit ihrer Mutter in der *Innenstadt* gelebt.

Es gab elf Teilnehmer namens Han, die südlich der 14th Street wohnten. Ich begann die erste dieser Nummern zu wählen und hielt dann inne. Was würde ich sagen? Ich dachte mir rasch einen Text aus und sprach ihn in den stummen Hörer. »Hallo. Mein Name ist Lucia Allen. Ich bin eine Kommilitonin von Nancy im FIT. Ich habe gerade die furchtbare Nachricht gehört. Kann ich bitte mit Mrs. Han sprechen?«

Dann wählte ich. Bei den ersten beiden Hans hob niemand ab. Die nächsten drei legten auf.

Beim sechsten Anruf meldete sich ein Mann und lauschte höflich meinem Monolog. Dann sagte er: »Vielen Dank für Ihren Anruf, Miss Allen. Leider ist Nancys Mutter zu einer Verwandten gefahren. Ich werde ihr Ihre Anteilnahme übermitteln. Es haben bereits viele ihrer Kommilitonen angerufen.«

Und das war's dann auch. Wir legten beide auf. So sinnlos und dumm mein Anruf gewesen war, jetzt fühlte ich mich viel besser. Ich legte mich auf das Sofa im Wohnzimmer und schlief ein.

Zwanzig Minuten später sprang ich auf – verängstigt, schwitzend, frierend.

Was für einen grauenhaften Traum ich gehabt hatte! Einen nachmittäglichen Alptraum. Junge Asiaten schossen im Restaurant herum und versuchten die rote Tigerkatze zu töten. Bloß war es diesmal wirklich die Katze meiner Großmutter, Henrietta selbst.

Einen Augenblick lang war ich vollkommen durcheinander. Ich dachte, ich sei wieder in Dan Wus Restaurant. Aber da sah ich Bushy und wußte, wo ich war.

Ich ging in Richtung Küche und hielt dann plötzlich inne. Jetzt fielen mir noch weitere Details dieses Traums ein. Die Empfangsdame hatte Henrietta gerettet.

Mir kam der Gedanke, daß ich wohl in einem Schockzustand war, daß ich an den Nachwirkungen des Traumas litt, daß ich mich mitten in einem posttraumatischen Streßsyndrom befand.

Dann fiel mir ein, was ich nicht nur der jungen Polizistin, die am Tatort mit mir gesprochen hatte, vergessen hatte zu sagen, sondern auch Detective Rothwax, als er mich in meiner Wohnung besucht hatte.

Daß die Empfangsdame gegenüber den bewaffneten Männern tapfer als Vermittlerin aufgetreten war. Daß sie auf den Mann mit der Spraydose zugegangen war und chinesisch mit ihm gesprochen hatte.

Wie hatte ich das vergessen können? Sie war so tapfer gewesen. Alle anderen in dem Lokal hatten wie versteinert dagesessen, nur sie hatte gehandelt.

Ich begann wieder im Zimmer auf- und abzugehen. Es war für mich ganz offensichtlich, daß sie eine ganz besondere Frau war, und wenn sie eine besondere Frau war, dann würde sie Katzen lieben, und wenn sie Katzen liebte, dann hatte sie gewiß eine besondere Beziehung zu der roten Tigerkatze. Ja, ganz gewiß. Sie würde wissen, ob es der Katze gutging. Oder wenn die Katze verletzt war, würde sie wissen, ob sie behandelt wurde. Und vielleicht wußte sie auch noch viel mehr ... vielleicht sogar etwas über Nancy Han.

Ich kramte hektisch in meiner Wohnung herum, bis

ich dreißig Dollar in den verschiedensten Scheinen zusammen hatte. Dann warf ich mir eine Jeansjacke über, lief die Treppe hinunter und hielt das erste Taxi an, das ich sah.

Zehn Minuten später war ich in der Franklin Street in Tribeca, gegenüber Dan Wus Restaurant. Ich bezahlte das Taxi und überquerte die Straße, um die Frau zu suchen.

Das Restaurant war natürlich geschlossen. Ich fühlte mich wie ein Luftballon, dem die Luft ausging.

Wie dumm ich war! Hatte ich wirklich geglaubt, das Restaurant würde gleich nach dieser Tragödie wieder aufmachen? Wie hatte ich das annehmen können? Ich trat einen Schritt zurück. Was sollte ich tun? Ich wußte nicht, wie die Empfangsdame hieß. Rothwax wußte es gewiß, aber es würde schwierig sein, es aus ihm herauszubekommen. Er würde wieder mit diesem Unsinn mit der »Katzenfrau« anfangen.

Zwei Häuser weiter war ein kleiner Gourmetladen. Ich ging hinein und fragte den jungen Mann hinter dem Ladentisch, ob er den Namen der Empfangsdame in Dan Wus Restaurant wußte. Er sah mich sehr mißtrauisch an. Er sagte nichts.

Ich ging wieder hinaus. An der Ecke befand sich ein Papiergeschäft, das gerade schloß. Vielleicht war das Restaurant dort Kunde. Wieder dieselbe Szene: Mißtrauen und Schweigen. Dachten sie, ich wäre von der Polizei? Oder von einer Versicherung? Oder was?

Dann ging ich in eine kleine Reinigung. Der Besitzer war Asiate. Seine Frau hielt sich in einem Hinterzimmer auf. Ich sagte ihm, daß es für mich sehr wichtig sei, mit der Empfangsdame von Dan Wu Verbindung aufzunehmen.

Der Mann brach in Tränen aus. »Es ist schrecklich, so schrecklich, was passiert ist. Die arme Anna Li. Eine reizende Frau. Sie bringt jeden Donnerstag vormittag ihre Kleider hierher, und ich liefere sie ihr am Samstag.«

»Ins Restaurant?« fragte ich.

»Nein, nein«, stieß er hervor. »Zu ihr nach Hause. Bowery, Ecke Broome Street. In das blaue Eckhaus.«

Ich ging zur Tür. Plötzlich beunruhigte es ihn, was er in seinem Kummer ausgeplaudert hatte, und er rief mir nach: »Warten Sie! Wer sind Sie? Was wollen Sie von Anna Li?«

Doch ich stieg bereits in ein Taxi.

Die Fassade des zweistöckigen Gebäudes in der Broome Street / Ecke Bowery war sehr heruntergekommen, doch der Korridor drinnen war makellos sauber. Anna Lis Name stand neben Tür 2C. Ich drückte auf den Summer und ließ meinen Finger darauf. Die Tür öffnete sich, und ich stieg die Treppe zum zweiten Stock hinauf.

Ich sah, daß auf beiden Seiten des Treppenabsatzes Kameras angebracht waren. Wahrscheinlich war ich deshalb ohne weiteres eingelassen worden. Dann läutete ich an der Tür von 2C.

Der Türknopf schien elektrisch aufgeladen zu sein. Die Tür öffnete sich wie auf ein elektronisches Signal hin.

Ich stand einer wunderschönen Chinesin gegenüber, die einen grünen Seidenpyjama trug, der bis zum Hals zugeknöpft war. Sie hatte keine Schuhe an den Füßen. Zuerst erkannte ich sie gar nicht, weil sie die Haare offen trug. Doch dann wurde mir klar, daß das wirklich Anna Li, die Empfangsdame war. Im Restaurant hatte sie das Haar aufgesteckt getragen.

Sie starrte mich an.

»Mein Name ist Alice Nestleton«, erklärte ich eilfertig. »Ich war während der Schießerei im Restaurant. Nancy Han servierte an meinem Tisch.«

Sie gab keine Antwort. Irgend etwas war sehr seltsam.

Da merkte ich, daß zwischen uns eine Glastür war. Sie hatte kein Wort von dem, was ich gesagt hatte, gehört.

Ich gab ihr durch Zeichen zu verstehen, daß sie die Glastür öffnen sollte, damit ich mit ihr reden konnte.

Sie tat es nicht.

Ich begann, so gut ich konnte, pantomimisch eine Katze nachzumachen, um ihr zu zeigen, daß ich bloß Informationen über die rote Tigerkatze wollte.

Langsam begann sich die Außentür zu schließen. Ich wich ihr schnell aus, und sie fiel ins Schloß.

Ich läutete wieder. Sie machte nicht auf. Ich versuchte es noch einmal. Nichts rührte sich.

Langsam ging ich die Treppe hinunter, auf die Broome Street hinaus und fuhr dann mit dem Taxi nach Hause.

Ich kroch in mein Bett und kuschelte mich an Bushy. Diese Geschichte ist gelaufen, sagte ich mir. Dieser Fall – um mit Retro zu sprechen – liegt nicht mehr in meinem Zuständigkeitsbereich.

## 5

Drei Tage nach der Schießerei hatte der Schock nachgelassen. Mein Leben normalisierte sich wieder. Ich hörte meiner Agentin zu, die sagte, ihrer Meinung nach sei mir die Filmrolle sicher. Brian Watts würde bald wieder nach New York kommen, um sie mir anzubieten. Ich hörte als Catsitterin meinen Klienten zu, die mir genau erklärten, wie ihre Lieblinge betreut werden mußten. Ich hörte Basillio zu, der mir am Telefon sagte, ich solle der Verlockung von »hochgestochenen Ausflügen ins Theater des Absurden« widerstehen, bis er wieder nach New York zurückkäme. Sein Rat war, wie üblich, kryptisch.

Am vierten Tag nach der Schießerei läutete punkt zwölf Uhr mittags das Telefon. Ich putzte gerade die beiden großen Fenster im Wohnzimmer, die auf die East 26th Street hinuntergehen; die einzigen beiden Fenster in meiner Wohnung, durch die ich hinausschauen kann. Das waren die letzten Aktionen meines Frühjahrsputzes, einer ländlichen Angewohnheit, die ich noch immer pflege – als Mittel gegen vernichtende Schuldgefühle. Für meine Großmutter in Minnesota waren die einzigen Dinge von religiöser Bedeutung der Tod und der Frühjahrsputz gewesen.

Ich hob den Hörer ab. Eine männliche Stimme sagte: »Millie.«

Ich antwortete: »Sie haben die falsche Nummer.«

»Nein!« erwiderte die Stimme aggressiv. »Ich meine, die Katze heißt Millie.«

»Wer sind Sie?« fragte ich, jetzt sehr verwirrt.

»Hier ist Sonny Hoving. Die Katze, die Sie in dem Restaurant gesehen haben, heißt Millie.«

»Geht es ihr gut?« fragte ich schnell und besorgt, ohne mich dafür zu entschuldigen, daß ich seine Stimme nicht erkannt hatte.

»Das weiß ich nicht. Ich glaube schon. Seit der Schießerei hat sie niemand mehr gesehen. Aber wenn sie verletzt worden wäre, hätten wir sie gefunden. Wahrscheinlich versteckt sie sich. Wahrscheinlich hat sie die Schießerei so erschreckt, daß sie sich versteckt hat.

In dem Restaurant gibt es viele Keller- und Lagerräume.«

»Es ist sehr nett von Ihnen, daß Sie anrufen«, sagte ich. Es entstand eine lange Pause, und ich hatte keine Ahnung, was ich sonst noch sagen sollte. Ich war zu überrascht, daß er überhaupt angerufen hatte . . . daß er sich wirklich die Mühe gemacht hatte, sich nach der Küchenkatze zu erkundigen.

»Wie läuft es sonst?« brachte ich schließlich heraus.

Schweigen.

»Ich meine, in bezug auf die Schießerei im Restaurant.«

»Nichts Neues«, antwortete er.

Wieder entstand eine unangenehme Pause. Schließlich sagte er: »Ich bin heute nachmittag in Ihrer Gegend. Wollen wir zusammen etwas trinken gehen?«

Seine Einladung kam aus heiterem Himmel, und sie verwirrte mich. Dann fiel mir ein, daß ich am Nachmittag zu einer Katze mußte, die ich betreute. Also brauchte ich seine Gefühle nicht zu verletzen; ich erklärte ihm meine Situation.

»Ich mag Katzen. Ich komme mit.«

Aus irgendeinem Grund und ohne weiter nachzudenken lachte ich in den Hörer und sagte: »Warum nicht?«

Kaum hatte ich aufgelegt, beschlich mich dieses leise, nagende Angstgefühl, das mir sagt, ich habe einen Fehler gemacht.

Sonny Hoving stand pünktlich vor dem wuchtigen Hochhaus in der First Avenue / Ecke 31st Street, direkt gegenüber dem New York University Hospital. Die Frau, die mich engagiert hatte, hieß Ginny Marley. Ich weiß nicht, womit sie ihren Lebensunterhalt verdiente, aber sie fuhr häufig übers Wochenende weg, und diese

Wochenenden dauerten häufig sechs Tage. Sie brauchte jemanden, der dafür sorgte, daß Hannibal, ihr Kater, in ihrer Abwesenheit glücklich war.

Das Studio, in dem sie wohnte, war nur spärlich möbliert. Aber es hatte einen prachtvollen orientalischen Teppich. Hannibal saß wie üblich auf dem Fensterbrett und starrte hinaus über die First Avenue. Er war ein gedrungener schwarzer Kurzhaarkater mittleren Alters, mit weißen Flecken auf den Vorderpfoten und am Kopf. Und wir schienen ihn überhaupt nicht zu stören.

Sonny Hoving folgte mir auf dem Fuß, während ich Hannibals Futter herrichtete, das Katzenklo säuberte und die drei Pflanzen goß. Es war seltsam: Hier fühlte ich mich in seiner Gegenwart total wohl. Total wohl und vollkommen gelassen, während er mir bei der Arbeit zusah. Er sagte kein Wort, aber er schien sich wirklich dafür zu interessieren, was eine Catsitterin so tut.

Als ich meine Pflichten erledigt hatte, setzte ich mich etwa eineinhalb Meter von Hannibal entfernt auf das Fensterbrett.

»Und jetzt?« fragte Sonny Hoving. Ich lächelte ihn an. Der Kriminalbeamte trug wieder einen Rollkragenpullover, aber einen anderen als bei unserer ersten Begegnung – er war von einem sehr verblichenen Grün – und dieselbe ärmellose Daunenjacke. Doch diesmal hatte er ramponierte Turnschuhe und Jeans an, und wo die Jeans an die Schuhe stießen, sah ich eine Ausbuchtung. Dort trug er seine Waffe, in einem Knöchelhalfter. Er wirkte sehr, sehr jung.

»Jetzt muß ich mit Hannibal reden. Sein Frauchen hat mir gesagt, daß Hannibal es liebt, wenn man mit ihm redet.«

»Worüber?«

»Wahrscheinlich über das Wetter.« Also begann ich ein kurzes Gespräch mit Hannibal, nichts besonderes, bloß eine sachliche Diskussion über die Launen des Frühlingswetters und den Verkehr da draußen, und was Hannibal in letzter Zeit so gesehen hatte, wenn er auf die First Avenue hinunterschaute.

Und dann gingen wir.

Sobald wir aus dem Haus waren, sagte Sonny Hoving: »Hören Sie, ich habe Sie auf einen Drink eingeladen, aber eigentlich trinke ich keinen Alkohol. Könnten wir statt dessen einen Kaffee trinken?«

»Okay.«

Wir gingen in ein kleines Café in der 34th Street zwischen der Second und Third Avenue, das aussah wie ein italienisches Espresso. Es gab hübsche Tische mit rosa Tischtüchern und einundvierzig verschiedene Kaffee- und Teesorten.

Wir setzten uns einander gegenüber und bestellten Espresso.

Als der Kaffee vor uns stand, begann Sonny Hoving ein ausgeklügeltes Ritual: er drehte die Tasse herum, maß sorgfältig den Zucker ab und rührte ihn in den Kaffee. Ich merkte, daß er alles andere als entspannt war. Aber das war ich auch nicht.

Schließlich nahm er einen Schluck Espresso, stellte die Tasse hin und sagte: »Sie sind sehr schön.«

»Sie auch«, sagte ich schnell, ohne zu denken, und so unglaublich es klingt, ich wurde rot oder zumindest rosa.

Dann lachten wir beide.

»Rothwax hat mir gesagt, daß Sie eine berühmte Schauspielerin sind«, sagte er.

»Wohl kaum berühmt«, antwortete ich. »Wäre ich berühmt, würde ich dann gegen Bezahlung als Catsitterin arbeiten?«

»Und er hat mir gesagt, wenn Sie wollen, können Sie eine gute Detektivin sein.«

»Das ist nett von ihm«, bemerkte ich.

»Und er hat mir gesagt, daß Sie sich ab und zu in eine wahrhaft besessene Katzenfrau verwandeln.«

Ich lächelte ihm zu. Er starrte in seinen Espresso, nahm seinen Löffel und begann damit leicht an seine Tasse zu klopfen. Zwischen uns ging etwas sehr Seltsames vor, aber ich wußte nicht, was es war. Ich verspürte den starken Drang, ebenfalls meinen kleinen Löffel zu nehmen und damit an meine Tasse zu klopfen. Aber ich tat es nicht.

»Ich möchte Ihnen von mir erzählen«, sagte er unvermittelt, fast drängend.

Ich lächelte. Solche Worte hatte ich schon einmal gehört, diese Verzweiflung schon einmal erlebt. Bei Bruce Chessler, jenem jungen Mann, der sich in mich verliebt hatte, als ich in der New School unterrichtete; demjenigen, der mir, kurz bevor er ermordet wurde, eine seltsame weiße Katze auf der Türschwelle hinterließ. War das ebenfalls ein junger Mann, der vor einer älteren Frau, die er begehrte, sein Herz ausschüttete? Oder war es etwas weniger Profanes?

»Schießen Sie los.«

Er schüttelte den Kopf. »Nein. Wenn ich anfange, höre ich nicht mehr auf.«

»Wir könnten ja noch einen Espresso bestellen«, sagte ich sanft; ich versuchte ihm zu helfen.

»Die Frage ist ... warum will ich unbedingt mit Ihnen über mich reden?«

»Das weiß ich nicht.«

Er spielte wieder mit seinem Löffel und wechselte dann das Thema. »Sie glauben nicht, daß Dan Wu ein Bösewicht ist . . . nicht wahr?«

»Ich kenne den Herrn gar nicht. Ich weiß nur, was ich über ihn gehört habe. Und ich habe sein Kochbuch gelesen. Davon kann ich mir kein Urteil bilden.«

Er ließ das Thema fallen. Wieder entstand ein Schweigen. Wir starrten in unsere Tassen.

Schließlich sagte er: »Wissen Sie, ich bin gar nicht so viel jünger als Sie.«

Ich gab keine Antwort. Er beugte sich vor und legte seine Hände, die Handflächen nach oben gedreht, auf den Tisch. »Schauen sie«, sagte er, »meine Hände zittern.«

Er nahm die Hände wieder vom Tisch und legte sie in den Schoß. Außer Sichtweite. Ich hatte plötzlich den Drang, eine dieser versteckten Hände zu halten.

»Sagen Sie«, meinte er dann, »haben Sie schon einmal von der Jade-Gesellschaft gehört?«

»Nein.«

»Das ist ein Wohltätigkeitsverein, der sich zum Großteil aus reichen Amerikanern chinesischer Abstammung zusammensetzt. Er unterstützt Neueinwanderer aus Asien. Ich bin ein sehr unbedeutendes Mitglied, einer der wenigen Eurasier. Und einer der wenigen mit einem Jahreseinkommen von unter einer Viertelmillion. Aber ich nehme am alljährlichen Dinner teil, und das findet diesen Sonntag im Waldorf statt. Würden Sie mich begleiten? Es gibt gutes Essen, gute Getränke und langweilige Ansprachen.«

»Ich weiß nicht.«

»Bitte.«

»Okay . . . Warum nicht? Was soll ich anziehen?«

»Was immer Sie wollen. Egal.« Er lächelte sehr breit. Sein Gesicht schien sich aufgehellt zu haben. »Übrigens wird auch Dan Wu dort sein. Er ist einer der größten Förderer der Jade-Gesellschaft.«

Ich hatte seine Einladung angenommen, weil er so nett war. Aber in dem Moment, als er sagte, daß Dan Wu bei dem Dinner anwesend sein würde, war ich Feuer und Flamme. Ich hätte Sonny gerne von meinem merkwürdigen Abenteuer mit Dan Wus Empfangsdame erzählt, aber ich sagte nichts, weil ich es nicht für klug hielt. Schließlich arbeitete dieser gutaussehende junge Mann für Rothwax.

»Wann soll ich fertig sein?«

»Ich kann Sie so um sechs herum abholen.«

»Gut. Läuten Sie nur an der Haustür, und ich komme hinunter.«

Er beugte sich zu mir vor. »Ich möchte Sie sehr gerne wiedersehen, Alice. Sehr.«

Bevor ich etwas antworten konnte, begann er mit einem Kugelschreiber etwas auf eine Serviette zu kritzeln. Zumindest dachte ich, daß er kritzelte. Dann schob er mir die Serviette zu. Ich sah, daß er ein chinesisches Schriftzeichen gemalt hatte.

»Also, ich weiß, daß das nicht das Zeichen für ›Suppe‹ ist«, sagte ich scherzhaft.

»Nein, es ist das Zeichen für ›Teufel‹.«

Mir war unbehaglich zumute. »Warum malen Sie so ein Zeichen?« fragte ich. »Bin ich ein Teufel?«

»Nein, nein! Ich habe es gemalt, weil es da so ein altes Sprichwort gibt – daß einem der Teufel die Sprache gestohlen hat. Ich habe es gemalt, weil ich Ihnen anscheinend nicht sagen kann, was ich empfinde.«

»Dafür ist später noch Zeit«, erwiderte ich.

## 6

Am Abend des Dinners der Jade-Gesellschaft tat ich etwas sehr Seltsames. Eigentlich tat ich mehrere seltsame Dinge. Erstens zog ich mich eine volle Stunde, bevor Sonny Hoving mich abholen wollte, um. Also, so etwas tue ich sonst *nie*. Aber ich tat es, und saß dann auf meinem Wohnzimmersofa und wartete darauf, daß der Summer ertönte.

Zweitens zog ich mich sehr seltsam an: ein ziemlich kurzes schwarzes Abendkleid, schulterfrei, mit dünnen Trägern. Und ich steckte mein Haar auf. Zuerst dachte ich mir nichts dabei, obwohl ich stets lange Kleider und mein langes Haar offen und glatt herabfallend trage.

Während ich wartete, brach die peinliche Wahrheit mit voller Wucht über mich herein: ich versuchte, jünger auszusehen. Ich Arme! Arme Alice Nestleton! War das nur Koketterie? Warum benahm ich mich so sonderbar? Er war soviel jünger als ich, fast noch ein Kind. Nein! Das war lächerlich. Aber er hatte sich offenbar wie ein Kind in mich verknallt. Sein Benehmen in dem Kaffeehaus hatte das deutlich zum Ausdruck gebracht.

JUNGER EURASISCHER POLIZIST VERFÄLLT ÄLTERER, WELTMÜDER SCHAUSPIELERIN. Würden wir damit in die Klatschspalten kommen?

Ich saß auf dem Sofa und starrte Bushy finster an, damit er ja nicht herüberkam und auf meinem Kleid Katzenhaare hinterließ. Nein, das war einfach unmöglich. Was war bloß los? Ich war mindestens zehn Jahre älter als Sonny, wahrscheinlich noch mehr. Und ich hatte schließlich bereits einen engen Freund – wenn man Tony Basillio so bezeichnen konnte.

Ich mochte Detective Hoving wirklich sehr gern. Er

war katzenhaft, und so wenige heterosexuelle Männer sind katzenhaft. Er war flink, behende, geheimnisvoll und schön. Schön? Was ging bloß vor in meinem Kopf? Hab acht vorm Plapperloch, Alice. Sei auf der Hut.

Es war eine sehr lange Stunde, in der ich in mich ging. Als der Summer ertönte, schritt ich wie eine Königin die Treppe hinunter und stieg in das wartende Taxi. Sonny trug einen dunklen Anzug und einen sehr schönen Übergangsmantel. Der Knoten seiner Krawatte war zu groß, aber ich betrachtete das als einen witzigen Protest gegen die Kleidungsvorschriften.

»Sie sind sehr schön«, sagte er. Ich gab keine Antwort. Wir saßen steif nebeneinander, berührten einander kaum. Es war, als hätten wir beide erkannt, daß Gefahr im Verzug war. Daß wir vorsichtig sein mußten.

Das Taxi blieb vor dem Waldorf stehen, und ein livrierter Türsteher öffnete die Tür. Wir schritten durch die Eingangshalle, als sei unsere Anwesenheit hier das Selbstverständlichste auf der Welt, und traten durch zwei mit kunstvollen Schnitzereien verzierte Türen in einen großen Saal.

An einer Wand hing ein Transparent mit großen chinesischen Schriftzeichen. »Selbsthilfe, Nächstenliebe und Gerechtigkeit« übersetzte Sonny. Dann fügte er hinzu: »Das Motto der Jade-Gesellschaft.«

Der Saal war bereits gefüllt mit elegant gekleideten Chinesen. Es gab zwei riesige, im rechten Winkel zueinander aufgestellte Tische mit dem Buffet. Unter dem Transparent war – erhöht – das Podium. In der Saalmitte standen Dutzende Tische und Stühle.

Ich seufzte erleichtert auf. Keine Tischkarten auf den Tischen, den Gästen wurden nicht wie bei einer Hochzeit Plätze zugewiesen. Man holte sich bloß seinen Teller vom Buffet und ging damit zu einem leeren Platz.

Wir setzten uns an einen Tisch und nippten an unseren Drinks. Sonny trank Ginger Ale. Ich Weißwein. Dann ging Sonny ans Buffet und kam mit zwei Tellern mit pikanten Leckerbissen zurück. Ich fragte, was das sei.

Er deutete auf den ersten Teller: »Gebratene Zucchini in Fu-Yung-Sauce.« Dann deutete er auf den zweiten Teller: »Gebratener Spargel mit Knoblauch.«

Ich hatte gerade den ersten Bissen Zucchini gegessen, als mir Sonny zuflüsterte: »Schau, schau. Sehen Sie mal, wen wir da haben. Den Teufel persönlich.«

Ich folgte seinem Blick zu einem der Nachbartische, an dem drei Leute saßen.

»Der Gentleman links ist Dan Wu«, sagte Sonny.

Er war ein distinguiert aussehender Herr von etwa sechzig Jahren mit zurückgekämmtem schneeweißem Haar. Er trug einen Mao-Anzug, was selbst bei Chinesen längst aus der Mode ist.

»Erkennen Sie die Frau neben ihm?« flüsterte Sonny.

Mein Nacken versteifte sich. Sie hatte die Haare wieder aufgesteckt, und diesmal trug sie ein sehr schickes, konservatives Kostüm. Aber es war Anna Li ... die Empfangsdame ... die Frau, die mich wortlos durch die Glastür angestarrt hatte.

»Nein«, log ich.

Sonny grinste. »Das ist Anna Li, die Empfangsdame in seinem Restaurant.«

Ich schwor mir im stillen, sie zu stellen – sanft, höflich, ohne Rachegefühle.

»Und der Mann rechts ist Jack Pallister«, erklärte Sonny, »Wus Geschäftsführer. Jeder chinesische Geschäftemacher braucht einen angloamerikanischen Strohmann, nicht wahr?«

Pallister sah aus wie Mitte Vierzig; ein Mann mit roter Gesichtsfarbe in einem schlecht sitzenden Smoking mit ebenso schlecht sitzendem Kummerbund. Statt einer Krawatte trug er ein Bändchen, und er wirkte betrunken.

»Begrüßen wir doch unsere Freunde«, sagte Sonny sarkastisch.

»Kennen Sie sie?« fragte ich etwas ängstlich.

»Dan Wu kennt mich«, erwiderte er. »Er weiß, daß ich weiß, daß er unsaubere Geschäfte macht.«

Sonny ging mit mir an ihren Tisch und stellte mich allen vor.

Ich wußte überhaupt nicht, was ich sagen sollte, also sagte ich zu Dan Wu, wie gut mir sein Kochbuch gefiel. Der berühmte Küchenchef strahlte.

Dann fragte Jack Pallister: »Sind Sie *die* Alice Nestleton?«

Alle schauten mich ganz seltsam an. Ich sah den Mann verdutzt an.

»Die Schauspielerin. Sind Sie die Schauspielerin Alice Nestleton?«

Ich nickte.

Er lachte. »Ich wußte es! Erinnern Sie sich nicht mehr an mich? Es ist viele Jahre her, in diesem komischen Theater in der West Fourth Street. Das aussieht wie eine Eisbahn. Wir haben miteinander gespielt, kleine Rollen. Es war eine verrückte Inszenierung der *Heiligen Johanna*, die in Vietnam spielte.«

Ich erinnerte mich nicht einmal mehr an die Inszenierung. Er stand auf, nahm mich am Arm und führte mich weg, wobei er demonstrativ und nur halb im Scherz sagte: »Wir Theaterleute müssen zu den Kulturbanausen Distanz halten.« Ich entwand mich seinem Griff und ging zurück an Sonnys Seite. Der Mann war beschwipst. Und ein beschwipster alter Schauspieler verheißt nie etwas Gutes.

»Man weiß nie, wen man treffen wird«, bemerkte Sonny, als er mich an unseren Tisch zurückführte. Dann begannen die Ansprachen. Sie waren entsetzlich langweilig, und die meisten Gäste schienen die Redner vollkommen zu ignorieren. Sie hörten nicht auf zu plaudern, unterhielten sich nur etwas gedämpfter, und gingen nach wie vor im Saal umher.

Sonny sagte: »Ich muß ein paar Hände schütteln. Das ist eine alte taoistische Sitte.« Er küßte mich auf den Nacken und ging. Das geschah so beiläufig und so schnell, daß ich nicht einmal überrascht war. Aber warum hatte er mich so geküßt? War das bloß eine freundschaftliche Geste, die von zuviel Ingwer in seinem Ginger Ale herrührte? Oder war es ein Ausdruck arroganter Besitzansprüche? Ich gehörte ihm nicht. Oder war es einfach jugendlicher Überschwang? Oder glaubte er, ich würde nach dem Essen mit ihm schlafen, weil ich meine Haare aufgesteckt und ein törichtes Kleid angezogen hatte?

*Und so bekleid' ich meine nackte Bosheit.* Das Zitat schoß mir durch den Kopf. Woraus stammte es? Zweifellos Shakespeare, aber aus welchem Stück, und kam ich darin vor?

Ich entdeckte Sonny drei Tische weiter, wo er mit einem sehr gutaussehenden, sehr schön gekleideten jungen chinesischen Paar sprach. Die Haare der Frau schienen bis zu den Knöcheln zu reichen. Sonny hatte sich vorgebeugt und lächelte, aber sein Blick lag auf mir. Er war so intensiv, daß ich vollkommen aus der Fassung geriet und wegschauen mußte.

Dann sah ich die Empfangsdame, Anna Li, allein an einem der Buffettische stehen. Sie starrte den Redner an, schien ihn aber nicht wirklich wahrzunehmen; sie wirkte gedankenverloren.

Ich stand auf und ging zu ihr. »Noch einmal guten Abend.« Sie sah mich an, ohne zu antworten. Ich lächelte freundlich. »Könnten Sie mir sagen, ob es Millie gutgeht?« fragte ich.

Wieder sah sie mich verdutzt an. »Millie«, wiederholte ich. »Die große rote Tigerkatzen in Ihrer Küche. Ich habe sie nach der Schießerei nicht mehr gesehen. Und ich mache mir Sorgen.«

Ohne ein Wort zu sagen, ohne mich noch einmal anzuschauen, ging Anna Li von mir weg. Sprachlos sah ich sie an den Tisch zurückkehren, an dem Dan Wu und Jack Pallister saßen.

Das war unglaublich unhöflich von ihr. Ich wußte nicht, was ich davon halten sollte. Stand die Empfangsdame noch immer unter dem Schock der Schießerei und des Todes der Serviererin? War sie geistesgestört? Taub? War ihr Millie egal? Oder war Millie tot und Anna Li zu schmerzlich berührt, um davon zu sprechen? Oder wenn nicht tot, dann vielleicht schwer verletzt.

»Sie reden und reden«, flüsterte eine Stimme in mein Ohr.

Ich wirbelte herum. Es war Sonny. »Aber Sie werden zugeben«, fuhr er fort, »daß es viel weniger steif zugeht als bei den meisten Wohltätigkeitsveranstaltungen. Ist Ihnen aufgefallen, daß keiner den Rednern zuhört und daß das den Rednern anscheinend überhaupt nichts ausmacht?«

»Die Chinesen sind stets sehr vernünftig«, antwortete ich.

»Ja, das stimmt«, sagte Sonny. »Aber Eurasier nicht.« Er packte meine Hand, sein Griff war fest. »Verschwinden wir von hier. Gehen wir spazieren. Tun wir so, als wäre dies ein richtiges Rendezvous.«

Ich lächelte. »Wohin gehen wir?«

»Nach Norden. Nach Süden. Was spielt das für eine Rolle?«

Ich blickte quer durch den Saal zu dem Tisch, an dem sich Dan Wu mit seinem Gefolge niedergelassen hatte. Was für ein seltsames Trio. Sie saßen sehr eng nebeneinander, sprachen aber nicht miteinander. Sie starrten alle den momentanen Redner an, schienen aber kein Wort zu hören. Die Empfangsdame, Anna Li, die zwischen dem großen Küchenchef und dem Ex-Schauspieler und jetzigen Geschäftsführer Jack Pallister saß, hatte die Hände auf dem Tisch gefaltet, als sei sie gerade vom Lehrer bestraft worden.

»Also?« fragte Sonny.

»Also was?«

»Gehen wir spazieren.«

»Okay«, sagte ich. Das war ein Fehler.

## 7

Es war eine wunderschöne Nacht für einen Spaziergang. Wir gingen die Lexington Avenue Richtung Süden, vorbei an der Grand Central Station, und sprachen kein Wort, bis wir südlich der 30th Street waren, jenem Teil der Lexington Avenue, wo all diese indischen Gewürzläden sind.

Da nahm Sonny meine Hand und begann zu reden – ein endloser autobiographischer Wortschwall. Er erzählte, daß sein Vater im Büro von Motor Vehicles in der Center Street gearbeitet hatte und in der Mittagspause immer durch Chinatown spaziert war. Daß er dabei in einem Grußkartengeschäft in Chinatown seine Frau kennengelernt hatte. Daß sie sich ineinander verliebt und geheiratet hatten. Daß sie noch immer zusammen waren, jetzt in Kalifornien, wohin sie nach ihrer Pensionierung gezogen waren. Daß er in Queens aufgewachsen war, am Pratt Institute Ingenieurwesen studiert, dann abgebrochen und die Prüfung für die New Yorker Polizei abgelegt hatte. Daß er sehr gerne Polizist war, aber unter seinen Kollegen keine Freunde hatte. Daß er vor drei Jahren nach Nordchina gereist war, um das Dorf zu sehen, in dem seine Großmutter geboren war.

Ich hörte ihm zu, aber meine Augen waren auf seine Hand gerichtet. Warum hielten wir uns an der Hand? Mir schien, als hätte ich seit Jahren mit niemandem mehr Händchen gehalten. Der Griff selbst war seltsam. Er hielt meine Hand nicht fest. Es war eher so, daß sich unsere Hände aneinanderschmiegten, als wären sie in einem anderen Leben so geformt worden und hätten einander seither gesucht. Ich bremste mich – diese Spekulationen wurden allmählich mystisch. Und in bezug auf einen Mann darf man niemals mystisch werden.

Als wir zum Gramercy Park kamen, hörte er unvermittelt zu reden auf. »Ich plappere viel, nicht wahr? Ich meine, ich plappere wirklich. Ich sage Ihnen auch, warum. Weil ich will, daß Sie eine hohe Meinung von mir haben. Ja, ist das nicht erbärmlich? Ich will Sie damit beeindrucken, wie sensibel ich bin ... wie ausgeglichen ...

analytisch ... bewundernswert. Wissen Sie, was ich meine?«

»Ja, Sonny, ich weiß, was Sie meinen.« Er drückte meine Hand ganz fest, und wir spazierten am westlichen Rand des Parks entlang zur 14th Street. Von dort gingen wir zum University Place.

»Machen wir einen Sprung in die Cedar Tavern?«

Ich nickte zustimmend. Ich war seit Jahren nicht mehr in dieser Kneipe gewesen. Als ich nach New York kam, war sie ein absolutes Muß gewesen; schließlich war sie das legendäre Zentrum der Welt der Künstler und Dichter. In der Cedar Tavern betranken sich die verrückten Genies von Manhattan bis zur Bewußtslosigkeit.

Es waren nicht sehr viele Gäste dort. Der riesige hölzerne Geschirrschrank stand noch immer da. Die Beleuchtung war noch immer schwach. Die Bedienung war noch immer freundlich. Sonny und ich nahmen in die Nähe der Tür Platz. Er bestellte sein Ginger Ale. Ich bestellte ein Glas Rotwein.

»Haben Sie die Jade-Gesellschaft sehr unangenehm gefunden?« fragte er.

»Überhaupt nicht. Es hat mir gefallen. Und ich habe mich sehr gefreut, Dan Wu kennenzulernen.« Selbst im düsteren Licht der Kneipe konnte ich sehen, wie sich sein Gesicht bei der Erwähnung von Wus Namen umwölkte. Dann erzählte ich ihm, wie Anna Li meine Frage nach dem Gesundheitszustand von Millie, der Küchenkatze, vollkommen ignoriert hatte.

Sonny fand das nicht sehr seltsam. Er sagte, daß alle Leute, die mit Dan Wu zu tun hatten, egal, in welcher Funktion, sehr zugeknöpf waren.

»Aber hier geht es doch bloß um das Wohl einer harmlosen Katze«, protestierte ich.

Er beugte sich über sein Ginger Ale und antwortete nicht. Lange saßen wir schweigend beisammen und lauschten dem Stimmgemurmel an der Theke und der Hintergrundmusik. Es war angenehm, sehr angenehm, obwohl der Wein furchtbar war.

Dann nahm er plötzlich das Ginger-Ale-Glas und drückte es gegen seine Stirn, um die Kälte zu spüren. Es war eine ganz und gar nicht ungewöhnliche Geste, doch aus irgendeinem Grund wurde ich plötzlich von einer Welle von Zärtlichkeit erfaßt. Ich streckte die Hand aus und begann sanft seinen Nacken zu massieren. Sein Nacken war angespannt, wie aus Stahl. Bei der Berührung meiner Hand zuckte er zusammen – doch dann entspannte er sich.

Als ich meine Hand wieder wegzog, rückte er ganz nah zu mir heran. »Weißt du . . . ich habe noch nie jemanden wie dich kennengelernt, Alice. Du bist schön, du bist klug, du bist anders, und du hörst zu, und du verstehst. Und seit ich dich mit Rothwax zum ersten Mal gesehen habe, gab es bei Tag und bei Nacht keinen Moment, in dem ich nicht an dich gedacht habe.«

»Das ist Pech«, antwortete ich und lachte; ich versuchte seine Intensität etwas zu mildern, wenn auch nur für einen Augenblick.

»Ich will, daß wir zusammen sind, Alice.«

»Ja, das verstehe ich.«

»Ich möchte, daß wir ein Liebespaar sind. Daß wir zusammen sind. Daß wir uns ständig sehen. Daß wir uns lieben und miteinander spazierengehen und Kneipen besuchen. Miteinander Katzen betreuen. Und wenn du willst, werde ich sogar zusammen mit dir auf der Bühne auftreten. All das will ich von ganzem Herzen, Alice.«

»Ja, das weiß ich.«

»Aber sag mir, was du denkst. Willst du das auch? Bin ich verrückt, wenn ich das glaube?«

»Nein, nicht verrückt.«

Es ging alles so schnell. Zu schnell.

»Verschwinden wir von hier«, sagte er plötzlich drängend.

»Wohin gehen wir?«

»Das werde ich dir zeigen.«

Wir verließen die Kneipe und überquerten die Straße. »Da drüben wohne ich«, sagte er und deutete auf ein großes, in ein Wohnhaus umgebautes Fabrikgebäude in der 12th Street, östlich des University Place. Langsam stiegen wir die drei Treppen hinauf. Er war so nervös, daß er das Schloß nicht aufbekam; er fummelte mit dem Schlüssel herum und brach ihn fast ab. Dann waren wir drinnen. Es war eine kleine Wohnung mit einem sehr niedrigen Bett mit Federkernmatratze, neben dem ein Fernsehapparat und ein Kassettenrecorder auf dem Boden standen. An beiden Enden des Raumes standen zwei große Stühle, und an den frisch gestrichenen weißen Wänden hingen einige Aquarelle. Durch ein offenes Fenster wehte eine kühle Brise in das Zimmer. Ich konnte sehen, daß er keine richtige Küche hatte, nur eine Nische mit einem Herd, einem kleinen Kühlschrank und einer altmodischen Spüle mit nur einem Spülbecken.

Ich starrte die Matratze an und dann ihn. Ich hatte ein großes Bedürfnis, ihn zu berühren. Ich hatte ein großes Bedürfnis, von ihm berührt zu werden. Ich dachte nicht mehr an die Ereignisse oder an die Folgen, oder warum oder wie das alles passiert war.

Er küßte meine Handflächen und sagte: »Ich bin gerade sehr glücklich.«

Ohne ein weiteres Wort zogen wir uns rasch aus und legten uns zusammen hin. Was dann geschah, war wunderbar, etwas Besonderes. Entweder hatte ich vergessen, wie Sex zwischen Verliebten ist, oder ich hatte es nie wirklich erlebt, trotz meiner einundvierzig Jahre. Es war einfach und unkompliziert und lief ganz unbewußt ab. Wir wußten beide, was wir tun mußten. Wir wußten beide, was Lust bereiten und hervorrufen würde. Wir wollten jeder den anderen – man verzeihe die banale Ausdrucksweise – sowohl in Ekstase als auch in Hochstimmung versetzen.

Ich konnte nicht genug bekommen von ihm. Er konnte von mir nicht genug bekommen. Es war sanft und heftig. Es war schnell und langsam.

Und dann war es vorbei. Wir lagen Seite an Seite, in Schweiß gebadet, und die Brise, die durch das Fenster kam, kühlte uns etwas ab.

Sonny schlief auf der Stelle ein, wie eine Katze, einen Arm unter seinen Kopf, den anderen über meine Brüste gelegt.

Ich konnte nicht schlafen. Wie betäubt lag ich da. Ich wußte, was passiert war. Ich hatte mich verliebt. Hoffnungslos verliebt. Ich hatte mich leidenschaftlich in einen völlig Fremden verliebt. Es war wie ein schlechter Abklatsch dieses Films mit Trevor Howard, dessen Titel mir nie einfällt.

Plötzlich war der Raum erfüllt vom Lärm eines Lasters einer privaten Müllabfuhr auf der Straße unten. Sonny regte sich, wachte aber nicht auf. Dieser Lärm brachte mich jedoch zurück in die Realität. Was würde ich Tony Basillio sagen? Was *konnte* ich ihm sagen?

# 8

Ich wartete auf Sonnys Anruf ... nur darauf wartete ich. Und sechsunddreißig Stunden nach jener wunderschönen Nacht in seiner Wohnung rief er schließlich an. Er hatte Dienst. Er hatte nicht früher anrufen können. Er arbeitete. Ich verstand. Ob ich mich mit ihm in der Cedar Tavern am University Place treffen könne, in etwa einer Stunde? Natürlich. Ich hätte mich auch in zwölf Minuten dort mit ihm getroffen. Ich war verliebt, und ich war einundvierzig Jahre alt. Eine brisante Mischung.

Was Basillio anlangte, den hatte ich nicht angerufen. Oder ihm geschrieben. Um mich herum war alles zum Stillstand gekommen. Die Schauspielerei. Das Katzenbetreuen. Die Erinnerung an Brian Watts, an Millie, und an die tote junge Frau auf dem Fußboden des Restaurants. Wenn Liebe in der Luft liegt, wird alles andere unwichtig. Ist es nicht so?

In meinem Kopf hallte ein schwaches Echo. Wie der Rabe von Poe. Bloß sagte es ständig leise: *Das ist nicht richtig, Alice. Nicht richtig, Alice. Das ist ganz und gar nicht richtig.* Manchmal sagte es auch: *Das ist eine Falle, Alice. Eine Falle. Ein junger Mann kann dir nur das Herz brechen.* Aber ich ignorierte dieses Echo.

Es war später Nachmittag. Das Lokal war leer. Sonny und ich setzten uns an einen Tisch in einer Nische. Er bestellte ein Ginger Ale und einen Hamburger, englisch gebraten. Ich bestellte ein Glas Weißwein und einen Nudelsalat.

Als alles vor uns stand, konnte keiner von uns etwas essen oder trinken. Ich starrte auf seine Arme, die bloßlagen, weil er die Ärmel seines ausgebleichten Rollkragenpullovers hochgeschoben hatte. Was für starke, schöne Arme er hatte – dünn, aber muskulös. Unter dem Tisch preßten sich unsere Beine aneinander; wir waren wie Halbwüchsige.

Wir begannen zu lachen. Es war absurd, daß wir hier saßen und an das Essen dachten, das wir nicht wollten, und nach Worten suchten, die wir nicht fanden. Wir wußten, wo wir sein wollten. Wir ließen die Speisen und die Getränke stehen und gingen.

Schon auf der Treppe zu Sonnys Wohnung begannen wir mit dem Liebesspiel. Zehn Sekunden, nachdem wir durch die Tür getreten waren, lagen wir auf dem Bett.

Es war wie eine Raserei. Wir begannen uns die Kleider auszuziehen.

Und dann hielt ich plötzlich inne und stand auf. Aus dem Echo in meinem Kopf war ein dröhnender Gong geworden: *Das ist ganz und gar nicht richtig. Nicht richtig! Nicht richtig! Töricht!* Und mitleiderregend, das auch. Ich mußte damit aufhören. Ich mußte nachdenken.

»Stimmt etwas nicht?«

Zuerst konnte ich nur sagen: »Nichts stimmt, Sonny.«

Er starrte mich stumm an.

Ich versuchte meine Gedanken zu ordnen. Das einzige, was ich wirklich wußte, war, daß ich nicht wollte, daß diese Affäre so weiterging – rein ins Bett und raus aus dem Bett. Ich wollte nicht nur in Abständen eine Nacht mit ihm verbringen. Es fehlte etwas. Irgend etwas war nicht in Ordnung, und die Intensität des Sex füllte bloß diese Lücke ... und machte mir irgendwie angst.

Ich konnte nur sagen: »Ich brauche etwas Zeit, Sonny.«

»Zeit wofür?«

»Das alles ist so schnell gegangen, Sonny. Ich bin nicht mehr an unverbindlichem Sex interessiert. Ich bin zu alt für Spielchen.«

»An unverbindlichem Sex?« wiederholte er in fragendem Tonfall, mit stiller Wut. Und dann sagte er: »Vielleicht wolltest du vorher Blumen. Vielleicht wolltest du, daß ich dich wie eine Prinzessin umwerbe. Ist es das, Alice? Ich war nicht galant genug für deinen dramatischen Geschmack.« Sein Tonfall war bitter geworden.

Alle möglichen Antworten schossen mir durch den Kopf. Ich hätte ihm gern von Basillio erzählt. Ich hätte ihm gern gesagt, daß ich Angst hatte. Ich hätte ihm gern von meiner Großmutter erzählt. Ich hätte ihm gern gesagt, daß meine Gefühle für ihn sehr stark waren; daß ich den Sex mit ihm wirklich wunderschön gefunden hatte; daß ich jeden Augenblick mit ihm genoß.

»Ich brauche mehr Zeit«, wiederholte ich nur.

Er stieg aus dem Bett und begann auf- und abzugehen. Warum war dieser Ausbruch so plötzlich gekommen? Noch vor einer Stunde hatte ich nicht im Traum daran gedacht, die Beziehung zu beenden. Ich hatte an nichts anderes gedacht, als mit ihm ins Bett zu gehen. Vielleicht war es nur der gesunde Menschenverstand. Ich bin keine moderne Frau.

Er blieb stehen und sagte: »Okay, okay. Machen wir es mal eine Zeitlang auf deine Art. Ich kann enthaltsam leben. Du bist seit langer Zeit die erste Frau, mit der ich geschlafen habe.«

Dann holte er zwei Gläser Wasser. Eines für sich und eines für mich.

»Außerdem«, sagte er, als er mir das Glas reichte, »habe ich ein viel schlimmeres Problem als dieses.«

»Was denn?« fragte ich, froh über den Themenwechsel.

»Retro«, erwiderte er.

»Retro?«

Er stand ganz nah bei mir, halb nackt, einen Fuß auf dem Bett, einen Fuß auf dem Boden. Er starrte die ganze Zeit auf mein Glas, als sei es wichtig, daß ich das Wasser tränke. Also trank ich.

»Ja, Retro. Du hast dort gearbeitet. Du kennst die ganze Scheiße dort.«

»Nun, ich war ja bloß als Beraterin dabei. Sie haben mich spontan engagiert. Aber du bist Polizeibeamter. Du bist dort zu Hause.«

»Zu Hause?« Er schüttelte traurig den Kopf und nahm seinen Fuß vom Boden, so daß er jetzt ganz neben mir auf dem Bett war.

»Weißt du, was meine guten Kumpels bei Retro über mich sagen, wenn ich außer Hörweite bin?« fragte er.

»Keine Ahnung.«

»Sie sagen, der einzige Grund, warum ich als Kriminalbeamter eingestellt wurde, ist, daß ich chinesisch spreche und die Polizei Leute wie mich dringend braucht.«

Er nahm mir das Glas aus der Hand und ließ es wie ein dummer Junge über den Boden rollen, wie eine Bowlingkugel. Es paßte mir nicht, wie die Dinge liefen. Er schien mir zu entgleiten, nur an Retro zu denken. Ich wollte, daß er bei *mir* war, neben *mir*, an *mich* dachte.

»Und noch etwas sage ich dir«, fuhr er in vorwurfsvollem Tonfall fort. »Dein Freund Rothwax hält auch nicht viel von mir.«

»Er ist nicht wirklich mein Freund«, antwortete ich nicht ganz wahrheitsgemäß.

»Dein Freund glaubt, daß ich in bezug auf Dan Wu

vollkommen falsch liege. Für Rothwax ist das, was ich gegen Dan Wu in der Hand habe, keinen Pfifferling wert. Sogar nach der Schießerei im Restaurant. Eigentlich bin ich der einzige bei Retro, der wirklich glaubt, daß Dan Wu Dreck am Stecken hat.« Er stieg aus dem Bett und begann wieder auf- und abzugehen. »Glaubst *du* es?« fragte er schließlich.

»Du hast mir diese Frage schon einmal gestellt, Sonny. Ich habe dir gesagt, daß ich nicht weiß, was ich glauben soll. Aber tief im Inneren kann ich mir wohl nicht vorstellen, daß ein sanfter, engagierter, gebildeter Küchenchef wie Dan Wu ein Verbrecher sein soll. Ich meine ... ist denn nichts mehr heilig?« Meine Antwort war ein wenig humorvoll gemeint, aber Sonny nahm sie ganz und gar nicht so auf.

Er starrte mich lange Zeit an, als könne er nicht glauben, was er gehört hatte.

Dann ging er zu einem kleinen Kasten in einer Ecke der Wohnung, nahm einen Aktenordner heraus, kramte darin herum und zog etwas heraus, anscheinend ein Foto.

Er brachte es zu mir und schnipste es auf die Bettdecke. »Sieh dir *das* an!« blaffte er.

Ich starrte auf das Foto. Es zeigte zwei Männer, die auf einer Straße in Manhattan miteinander sprachen. Beide trugen Mäntel. Es war kein normales Foto. Es schien mit Hilfe eines Teleobjektivs aufgenommen worden zu sein; offenbar wußte keiner der beiden Männer, daß er fotografiert wurde. Es wirkte seltsam anonym – wie ein Bild in der Zeitung. Und der Abzug war grobkörnig.

»Weißt du, wer das ist?« fragte Sonny sarkastisch.

»Er sieht aus wie Dan Wu.«

»Verdammt richtig. Der gebildete Küchenchef persönlich, Dan Wu. Und jetzt sieh dir den anderen Mann genau an. Weißt du, wer das ist?«

»Nein.«

»Sein Name ist Felix Lapidus. Wir haben dieses Foto aufgenommen, als wir ihn überwachten. Lapidus ist im internationalen Verbrechen tätig. Er stellt den Kontakt zwischen Käufern und Verkäufern auf der ganzen Welt her. Für Drogen. Gestohlenen Schmuck. Waffen. Alles.«

Sonny klopfte neben Lapidus' grauem Gesicht auf das Foto. »Felix wurde vier Tage, nachdem dieses Foto aufgenommen wurde, am John-F.-Kennedy-Flughafen ermordet. Wir haben Dan Wu verhört. Er leugnete sogar, Lapidus je kennengelernt zu haben. Wir zeigten ihm das Foto. Wu behauptete, er habe es vergessen ... daß ihn dieser Mann einfach auf der Straße angesprochen und nach dem Weg gefragt habe. Schau dir dieses Foto noch einmal an, Alice. Findest du, es sieht so aus, als redeten sie über die U-Bahn?«

Ich sah mir das Foto genau an. Den Kopf zur Seite geneigt, stand Dan Wu da, als lausche er etwas sehr Wichtigem. Felix Lapidus hatte die Hand auf Wus Schulter gelegt und schien ihm etwas ins Ohr zu flüstern. Nein, das sah nicht aus wie eine zufällige Begegnung. Aber wer konnte das schon sagen? Es war ein Überwachungsfoto, eine Momentaufnahme.

Dann lag Sonny wieder neben mir auf dem Bett und strich mir mit der Hand über die Wange. Seine Augen glühten, sie waren unheimlich. »Ich kriege ihn, Alice. Glaubst du mir das?«

»Ja, Sonny, ich glaube es dir«, antwortete ich.

## 9

Wir verbrachten einen keuschen Tag miteinander, Sonny und ich, wie es unserer neuen Beziehung entsprach. Wir hatten uns am Morgen in der 23rd Street zum Frühstück getroffen und dann einen langen Spaziergang hinauf zum Zoo im Central Park unternommen. Ich hatte das Gefühl, das Richtige getan zu haben. Ich hatte das Gefühl, ich brauchte mehr Zeit. Jetzt war der Druck weg.

Wir saßen im kühlen Dunkel des Pinguinhauses und sahen bei der Fütterung zu. Zwei junge Frauen hatten das Gehege betreten, das meisterhaft dem natürlichen Lebensraum der Pinguine nachempfunden war, inklusive dem tiefen, schnell fließenden Wasser vor dem »Eis«. Eine Frau kontrollierte anhand einer Liste auf ihrem Klemmbrett die Nummer eines jeden Tieres, während die andere geduldig jeden Pinguin mit zwei Fischen fütterte. Einen aus Eimer A, einen aus Eimer B. Es war nicht zu übersehen, daß einer der Eimer Fische mit übelriechenden Vitaminen und Ergänzungsfutter enthielt, weil die Pinguine erst überredet werden mußten, den zweiten Fisch zu fressen, nachdem sie den ersten mit Begeisterung verschlungen hatten.

Es war so friedlich hier. Ich legte den Kopf auf Sonnys Schulter. Alles an dieser Affäre war seltsam, das wurde mir jetzt klar, und früher oder später würde ich ganz Schluß machen oder wieder mit ihm ins Bett gehen müssen.

Es war seltsam, daß wir beide uns zwar anscheinend in der Gesellschaft des anderen unglaublich wohl fühlten, aber kaum miteinander sprachen. Zumindest bemühten wir uns nicht um bedeutsame Gespräche, wie man es üblicherweise in der ersten Verliebtheit tut.

Die einzigen echten Gespräche, die wir führten, drehten sich um Dan Wu und die Schießerei im Restaurant. Oder besser gesagt, um Sonnys Frust darüber, daß er in diesem Fall keine Fortschritte machte und nicht beweisen konnte, daß Dan Wu »Dreck am Stecken« hatte.

Ich hatte ihm nichts von meinen kurzen, manischen Ermittlungsversuchen in diesem Fall erzählt – von den Telefonaten und den wilden Taxifahrten, um Nancy Hans Mutter und Anna Li ausfindig zu machen und mit ihnen zu sprechen. Alles vergeblich. Und ich hatte ihm auch nicht erzählt, wie sehr mich Millie beschäftigte und daß sie eine unheimliche Ähnlichkeit mit Henrietta hatte. Der Gedanke, daß mich Sonny wie Rothwax oder die Leute von Retro auslachen würde, war unerträglich.

Dieser ganze furchtbare Abend in Dan Wus Restaurant schwärte noch immer in mir. Es lag ganz dicht unter der Oberfläche. Ich war froh, daß mir Sonny das Überwachungsfoto gezeigt hatte, doch es verwirrte mich, daß er es in dem Augenblick getan hatte, als ich den Sex eingestellt hatte.

Ja, alles an dieser Affäre war seltsam geworden. Was bedeuteten wir einander? Was würden wir einander in Zukunft bedeuten?

»Weißt du, Alice, wenn ich in einem zukünftigen Leben wiedergeboren werden müßte, wäre ich gerne ein Pinguin.« Sonny verstummte. Dann fügte er hinzu: »Oder ein Killerwal.«

»So spricht ein richtiger Polizist«, sagte ich lachend. »Beide Enden einer Ernährungskette, das eine ein Raubtier, das andere die Beute.«

»Ich wußte gar nicht, daß Killerwale Pinguine fressen.«

»Tun sie aber, Sonny.«

Er dachte eine Weile nach. »Nein, Raubtier oder Beute, darin besteht für mich nicht der Reiz. Es ist die Kälte. Ich bin gerne an kalten Orten. Vielleicht kommt das daher, daß sich meine Ur-Ur-Ur-Urgroßmutter in einen Mongolen verliebt hat.«

»Ich würde lieber als wildlebende Maine-Coon-Katze wiedergeboren werden ... oder, wenn das nicht möglich ist, als einsame Hummel.«

»Und deine Tage damit zubringen, von einer Blume zur anderen zu fliegen?«

»Genau.«

Plötzlich begann sich eine Gruppe Pinguine ins Wasser zu stürzen, einer nach dem anderen. Sobald sie unter Wasser waren, konnten wir durchs Glas sehen, wie sie blitzschnell schwammen, wie Torpedos im Smoking, die auf ein Ziel zuschossen.

Eine Gruppe Schulkinder kam herein; sie drückten ihre Gesichter gegen das Glas und starrten die Pinguine an, die auf ihre Blicke mit einer Reihe von atemberaubenden akrobatischen Unterwasser-Kunststückchen zu reagieren schienen. Dann kletterten alle wieder heraus und standen mit verwirrtem Gesichtsausdruck herum.

»Hast du Hunger?« fragte Sonny.

»Eigentlich nicht.«

»Willst du in ein Kino gehen?«

»Ich glaube nicht.«

»Wir könnten wieder in die Innenstadt gehen ...«

»Okay«, sagte ich. Aber wir rührten uns nicht vom Fleck. Wir sahen zu, wie die beiden Frauen die Fütterung beendeten.

Nachdem die Wärterinnen das Gehege verlassen hatte, wollte ich aufstehen, doch Sonnys Hand hielt mich zurück.

»Ich habe etwas sehr Seltsames herausgefunden«, sagte er als Erklärung.

»Worüber?«

»Dan Wu hat beschlossen, sein Restaurant in Tribeca zu schließen.«

»Aber warum?«

»Er sagt, wegen des Mordes an der Serviererin. Er sagt, er ist über das, was geschehen ist, zu traurig, um weiterzumachen.«

»Und du glaubst ihm das nicht?«

»Keinen Augenblick.«

»Wann schließt er es?«

»Heute. Morgen. Oder vielleicht gestern.«

»Was glaubst du, warum er es schließt?« fragte ich.

»Es muß etwas für ihn sehr Bedrohliches sein. Dieses Restaurant war eine Goldgrube.«

»Dann muß es die Schießerei gewesen sein. War sie eine Aufforderung, das Lokal zu schließen?«

»Das glaube ich nicht. Das war irgend etwas anderes. Irgendeine offene Rechnung oder eine Revanche. Irgendein verrückter Deal. Aber Typen wie Dan Wu lassen sich nicht einschüchtern, und sie scheren sich einen Dreck darum, ob eine ihrer Serviererinnen abgeknallt wird.«

»Mein Gott, du gehst aber hart mit ihm um.«

»Nicht halb so hart wie er mit mir!« antwortete Sonny leidenschaftlich. Er sagte das so inbrünstig, daß ich zum ersten Mal begriff, wie finster entschlossen er war, Dan Wu zu kriegen. Diese Entschlossenheit schien ihn bis in den innersten Kern seines Wesens als eurasischer Polizist erfaßt zu haben.

»Gibt es was Neues von Millie?« fragte ich.

»Nein, nichts.«

»Und von diesen jungen Männern, die im Restaurant herumgeschossen haben?«

»Nichts. Wir haben allen Serviererinnen und Küchenhilfen Fotos von allen Asiaten unter Dreißig gezeigt, die im Laufe der letzten siebenhundert Jahre verhaftet worden sind. Nichts. Vielleicht haben diese Jungs einfach keine Vorstrafen. Oder vielleicht haben die Leute, die bei Dan Wu arbeiten, gelernt, den Mund zu halten.«

Sonny beugte sich vor und legte den Kopf in die Hände. Er wirkte völlig aufgelöst. Ich strich mit der Hand durch sein Haar. Es schmerzte mich, diese plötzlichen Anfälle zu sehen, die nur Verzweiflung sein konnten. Und ich hatte eigentlich keine Ahnung, wodurch sie ausgelöst wurden. War es, weil ich mich ihm sexuell entzogen hatte? Weil er nicht beweisen konnte, daß Dan Wu »Dreck am Stecken« hatte? War es die Belastung, die es bedeutete, als Halbchinese bei der eindeutig von Weißen dominierten New Yorker Polizei zu arbeiten?

Wenn es letzteres war, konnte ich ihm nicht helfen. Wenn es an seinem Versagen in bezug auf Dan Wu lag, war ich noch nicht soweit, ihm helfen zu können, und außerdem wußte ich tief im Inneren, daß er meine Einmischung gar nicht schätzen würde. Wenn es das andere war . . . daß ich nicht mit ihm ins Bett gehen wollte . . . nun, das war im Augenblick nicht zu ändern. Aber nur im Augenblick.

Und ach, ich wollte ihm so gerne helfen. Wenn ich Sonny Hoving nicht liebte, dann kam mein Gefühl der Liebe näher, als ich es seit langem erlebt hatte. Wäre er bloß nicht bei Retro gewesen, diesem dunklen Punkt in meiner Vergangenheit!

Ein sehr ernüchternder und bizarrer Gedanke schoß

mir durch den Kopf: Hatte ich mich vielleicht in Sonny Hoving verliebt, *weil* er bei Retro war ... und weil er vielleicht der einzige sein mochte, der aufklären konnte, was aus einer wunderschönen roten Katze geworden war, die zufällig das Ebenbild von Großmutters Henrietta war, jener Katze, die in mir die intensivsten, bittersüßen Erinnerungen an meine Kindheit wachrief?

Plötzlich richtete sich Sonny auf. »Gehen wir zu den Eisbären«, sagte er. »Die bringen einen immer zum Lachen.«

Tatsächlich? fragte ich mich. Aber ich ging trotzdem mit.

## 10

Das Telefon weckte mich. Wer konnte mich bloß um halb sieben Uhr früh anrufen? Verschlafen starrte mich Bushy mit einem offenen Auge vom Kissen neben mir an. Er machte keine Anstalten, den Hörer abzuheben. Benommen tat ich es.

»Ich wecke dich so gerne auf, Schwedenmädel. So gerne.« Mein langjähriger Gefährte hatte seinen Spaß. Beim Klang seiner Stimme fühlte ich mich jedoch wie betäubt. Ich wußte, ich würde ihm von Sonny erzählen müssen.

»Bist du dran, Schwedenmädel?«

»Wie ist es da oben, Tony?« fragte ich sanft.

»Sie sind natürlich begeistert von mir. Meine brillante dramaturgische Denkweise wird dringend benötigt. Sie wollen mich in ihrem Sommertheater als Inspizienten für drei Stücke engagieren, für elf Dollar die Woche und alle Splitter, die ich aus den Brettern herausziehen kann.«

»Wie ist das Wetter, Tony?« Ich versuchte Zeit zu schinden.

»Hier gibt es kein Wetter. Und außerdem, Schwedenmädel, ist es dir doch piepegal, ob mir heiß oder kalt ist.« Er lachte über seine eigenen Worte.

Also sagte ich es – in gemessenem Tonfall, wie einen Text für einen majestätischen Bühnenabgang: »Tony ... ich habe jemanden kennengelernt.«

Am anderen Ende herrschte Schweigen.

»Ich habe jemanden kennengelernt«, fuhr ich fort, »und es –«

»Halt die Klappe, Schwedenmädel!« sagte er schroff ins Telefon. Dann hörte ich, wie er tief durchatmete. »Du brauchst mir überhaupt nichts zu erzählen, Schwedenmädel. Also tu es auch nicht.«

»Aber Tony, ich –«

»Halt die Klappe, Schwedenmädel. So wie ich es sehe, haben wir beide das Recht auf zwei Affären pro Jahr.«

»Ich liebe ihn, Tony.«

Keine Antwort am anderen Ende. »Tony! Hast du mich gehört?« Keine Antwort. »Tony!« Ich schrie seinen Namen förmlich ins Telefon.

Dann klickte es im Hörer, und ich hörte das Freizeichen. Er hatte aufgelegt.

Ich packte ein Kissen und schleuderte es wütend durch das Zimmer. Bushy bekam Angst, sprang vom Bett und lief aus dem Raum, wobei er beinahe Pancho niedergerannt hätte, der natürlich ins Zimmer hereinschoß.

Was für eine Katastrophe! Warum hatte ich es ihm gesagt? Warum hatte ich nicht damit gewartet?

Und was noch schlimmer war: Warum hatte ich ihm nicht gesagt, daß ich nicht mehr mit Sonny schlief? Warum hatte ich ihn glauben gemacht, daß ich mitten in einer erotischen Liebesaffäre steckte?

Aufgrund der Macho-Kultur, der Basillio entstammte, war er natürlich in sexueller Hinsicht furchtbar eifersüchtig, wie sehr er auch versuchte, das zu unterdrükken. Er würde schreckliche Qualen leiden. Was für eine grausame Frau doch jetzt aus mir wurde! Oder wenn schon keine grausame, dann eine verdammt gedankenlose.

Unglücklich begab ich mich in die Küche und kochte Wasser für Instant-Kaffee. Dann ging ich mit der Tasse ins Wohnzimmer, trank den heißen, süßen schwarzen Kaffee und starrte dabei aus dem Fenster auf die Straße hinunter.

Meine Hand, in der ich die Tasse hielt, zitterte. Das Gespräch mit Basillio war wirklich schrecklich gewesen. Ich hatte ihm nicht weh tun wollen – und ich hatte es doch getan. Ich hatte ihm eigentlich nur sagen wollen, daß nichts, was zwischen Sonny Hoving und mir passiert war, die Beziehung, die ich mit ihm gehabt hatte, herabsetzen konnte. Was für ein Idiot ich doch war!

Pancho sprang auf einen Stuhl, von dort auf das Fensterbrett, lief dann oben über den Bücherschrank und flitzte schließlich aus dem Zimmer. Er hatte eine kleine Ansichtskarte mit einer Kuh umgeworfen, die immer an der leeren Kante des Bücherschranks lehnt – einer Milchkuh aus Minnesota, sollte ich vielleicht hinzufügen.

Müde ging ich hin und stellte die Karte wieder auf. Mein Blick fiel auf einen vertrauten Buchrücken, und ich mußte lächeln. Ich zog das Buch heraus und starrte auf die Reproduktion eines berühmten Gemäldes aus dem zwölften Jahrhundert, aus der Sung-Dynastie, das auf dem Einband abgebildet war. Es stellte ein Bankett chinesischer Gelehrter dar, alle in ihren offiziellen Roben. Eine elegante, aber hungrige Gruppe von Herren. Als ich so dastand und *Fünf Geschmacksrichtungen* von Dan Wu in der Hand hielt, fiel mir die überaus traurige Neuigkeit ein, die mir Sonny erzählt hatte: daß Dan Wu sein Restaurant in Tribeca schloß.

Obwohl ich nur ein einziges Mal in dem Lokal gewesen war ... obwohl meine Mahlzeit von einem tragischen Mord beendet worden war ... obwohl ich nicht ein einziges Gericht gegessen hatte – war ich zutiefst traurig, daß es zumachte. Alles an diesem Restaurant war außergewöhnlich gewesen.

Ich ging mit dem Buch zum Sofa und setzte mich nieder. Es war, als hielte man einen alten Freund. Das Wunderbare an *Fünf Geschmacksrichtungen* sind nicht die Rezepte, so gut sie auch sind. Es ist die Art, wie Dan Wu den Leser in den innersten Kern der chinesischen Küche einführt und ihre ... philosophischen Grundlagen erläutert, falls man diesen hochgestochenen Ausdruck in bezug auf die Zubereitung von Speisen verwenden kann.

*Fünf Geschmacksrichtungen* hatte mich Dinge gelehrt, die ich vorher einfach nicht gewußt hatte. Zum Beispiel den grundlegenden Unterschied zwischen *fan*-Nahrungsmitteln – Getreide, Reis und so weiter – und *ts'ai*-Nahrungsmitteln – Fleisch, Gemüse und so weiter – und daß man sie mischen, aber niemals verschmelzen kann. Und wie wichtig die grundlegenden Geschmacksrichtungen der chinesischen Küche sind: bitter, sauer, scharf, salzig und süß.

Ich hielt den kleinen Band in der Hand und fühlte, wie leicht er war. Es war wirklich ein sehr kleines Buch, mit Stoffeinband, es hatte nur hundertsechsundfünfzig Seiten, war groß gedruckt, auf wunderschönem Papier, mit unzähligen erlesenen Reproduktionen chinesischer Gemälde und Drucke, viele davon entlang der Seitenränder.

Ich stellte die Kaffeetasse auf den kleinen Beistelltisch neben dem Sofa und begann wehmütig das Buch durchzublättern.

Dann sah ich etwas, das mir bekannt vorkam, und blätterte zurück. Ich fand es nicht mehr, also blätterte ich langsamer, bis ich es wiederfand.

Das große chinesische Schriftzeichen faszinierte mich und bereitete mir zugleich Unbehagen. Dann wurde mir klar, daß es dasselbe Schriftzeichen war, das der Mann an die Wand des Restaurants gesprüht hatte; das Schriftzeichen, das laut Sonny für »Suppe« stand.

Und so war es auch – das Schriftzeichen, das ich erkannt hatte, war das Titelbild für Dan Wus Kapitel über Suppen.

Ich begann das Kapitel zu lesen, das wie alle anderen aus einer langen Einleitung bestand, nach der die Rezepte kamen. Ich konnte mich gut daran erinnern. Er schreibt, wie wichtig Suppe in der chinesischen Küche ist, weil man nur bei der Suppe eine perfekte Harmonie zwischen allen Geschmacksrichtungen und allen verschiedenen Arten von Nahrungsmitteln herstellen kann.

Verwirrt hielt ich mit dem Lesen inne. Als ich das Buch das erste Mal gelesen hatte, war Dan Wu noch nicht für seine vegetarische Küche bekannt gewesen – seine Rezepte waren nicht vegetarisch, und er hatte sein vegetarisches Restaurant noch nicht eröffnet. Daß er sich in diese Richtung bewegt hatte, war sogar ein wenig verwirrend und widersprüchlich. Schließlich scheint er in seinem Buch zu behaupten, daß das Wesen der chinesischen Küche darin besteht, daß sie praktisch alles verwendet, nichts ausschließt – am allerwenigsten Fleisch.

Ich begann noch einmal von vorne zu lesen. Am Ende der Einleitung zu den Suppen schreibt Dan Wu: »Wenn eine Suppe nach diesen Rezepten nicht so schmeckt, wie sie schmecken soll, liegt der Fehler bei mir. Hingegen ist jede Suppe, die perfekt schmeckt, der Weisheit von Ch'in Shih zuzuschreiben.«

Wieder hielt ich mit dem Lesen inne. Merkwürdig, ich konnte mich nicht daran erinnern, daß ein »Ch'in Shih« erwähnt worden war, als ich das Kapitel vor drei Jahren gelesen hatte. Ich hatte auch keine Ahnung, wer oder was das sein konnte.

Ich klappte *Fünf Geschmacksrichtungen* zu und stellte das Buch wieder in den Bücherschrank. Die Trauer über die Schließung des Restaurants und über Tonys Reaktion auf meine Beichte – so unterschiedlich diese beiden Dinge auch waren – schienen zu verschmelzen und den dünnen Band zu durchdringen. Ich hatte das Gefühl, einen Leichnam in eine Gruft zu legen.

Kaum stand *Fünf Geschmacksrichtungen* wieder an seinem Platz, mußte ich an Millie, die Küchenkatze, denken.

Stumm starrte ich auf den Buchrücken.

Wie hatte ich bloß so dumm sein können?

Wieso hatte ich, als mir Sonny erzählt hatte, daß das Restaurant geschlossen wurde, nicht daran gedacht, daß das für Millie, wenn sie noch am Leben war und sich noch immer dort versteckte, eine Katastrophe darstellte? Jetzt würde sie dort eingesperrt sein – zurückgelassen an einem Ort, von dem sie nicht entkommen konnte.

Zum Teufel mit meiner Angst, man würde wieder Witze über die Katzenfrau reißen! Zum Teufel damit, daß Sonny gekränkt war! Zum Teufel damit, daß *irgendwer* gekränkt sein könnte. Ich lief zum Telefon und wählte Sonnys Nummer.

## 11

Es ist erstaunlich, was eine Dienstmarke und ein Ausweis der New Yorker Polizei alles bewirken können. Ein riesiger, bedrohlich aussehender Angestellter einer privaten Sicherheitsfirma, der vor Dan Wus geschlossenem Restaurant in Tribeca auf und abging, winkte uns bereitwillig hinein. Drinnen brachte das helle Licht der Morgensonne, das durch die Fenster fiel, an den Tag, daß sich bereits eine dünne Staubschicht auf alles gelegt hatte.

Ich hatte plötzlich ein sehr seltsames Gefühl, als wäre ich in einem verdunkelten Theater und nicht in einem geschlossenen chinesischen Restaurant. Und der junge Mann, der bei mir war, schien sich in einen Tänzer oder Schauspieler in einem höfischen Kostüm verwandelt zu haben. Ich hatte das komische Gefühl, daß wir beide uns an den Händen halten und elegant vor dem Publikum verneigen sollten. Eine Zeile aus einem Gedicht fiel mir ein: »Die Liebe hieß mich eintreten ...« War ich deshalb hier? Hatte ich wirklich den Mitspieler gefunden, den ich immer gesucht hatte? Den Lunt für meine Fontanne? Den Cronyn für meine Tandy? Den Burton für meine Taylor? War dieser Polizist mit dem Babygesicht mein Partner?

»Die Suche beginnt«, sagte Sonny und riß mich damit aus meinen Tagträumen. Ich sah mich um und stellte fest, daß wir in dem einst so eleganten Speisesaal standen. Das Restaurant war erst seit wenigen Tagen geschlossen, jedoch ein anschauliches Beispiel dafür, wie schnell Eleganz vergeht.

»Danke, daß du mich hierher gebracht hast«, sagte ich.

Seine Hand strich zärtlich über mein Gesicht. »Im Augenblick«, sagte er leise, »würde ich alles für dich tun.« Ich küßte ihn.

Dann flüsterte ich ihm ins Ohr: »Wilde Schönheit, Kühnheit und Tatkraft.«

»Was?«

Ich lachte. »Das ist aus einem Stück, in dem ich einmal gespielt habe, vor vielen Jahren. Die Zeilen stammen aus einem Gedicht von Hopkins, in dem er einen Falken beschreibt, der sich mit der frischen Morgenbrise in die Lüfte erhebt. Und manchmal, wenn ich dich ansehe, Sonny Hoving, fällt mir diese Textzeile ein. Wilde Schönheit, Kühnheit und Tatkraft.«

»Wenn du mich so in den Himmel hebst, werde ich noch ganz eingebildet«, antwortete er. Dann fügte er schlau hinzu: »Damit willst du mir auf deine Art sagen, daß ich nicht verletzt sein soll, weil du nicht mehr mit mir schlafen willst.«

Ich widersprach ihm nicht. *Wo war Millie?*

Wir gingen durch den Speisesaal. In der Düsternis wirkte die freistehende Edelstahlküche grotesk.

»Hier habe ich Millie gesehen«, sagte ich und wies nach oben. »Da oben lag sie und schaute hinunter. Eine prachtvolle, wohlgenährte rote Tigerkatze ... wunderschön, riesig und gut gepflegt. Zufrieden ... O ja ... sie wirkte sehr glücklich. Aber auch zu Streichen aufgelegt. Ja, das habe ich ihr ebenfalls angesehen. Sie hatte einen Sinn für das Absurde. Als hecke sie gerade ein paar Streiche aus.«

Während wir um die Küche herumgingen, begann ich zu rufen: »Hierher, Mieze, hiiieeerher, Mieze.«

Dann wechselte ich von Worten zu Miauen, zu unbekannten Sprachen und schließlich zu Ächzlauten, die direkt aus meinem Bauch zu kommen schienen. Sonny starrte mich ungläubig an.

Alles vergeblich. Nichts rührte sich in dem großen Speisesaal. Wir gingen durch eine der Pendeltüren und an der Garderobe vorbei. Wir sahen in den Toiletten nach, stiegen dann die Treppe hinunter und knipsten dabei das Licht an.

Das Untergeschoß war sehr groß. An den Wänden standen Regale mit Geschirr, Küchengeräten, Körben zum Dämpfen von Lebensmitteln und mit allen möglichen Vorräten.

Wir suchten in jedem einzelnen Regal nach einem Zeichen von Millie: nach Haaren, Kot, selbst nach Skeletten von Mäusen, falls sie jagte, um zu überleben.

Nichts.

Ich machte eine Dose Katzenfutter auf und ließ sie auf dem Fußboden direkt vor einem der Regale stehen. Ich hoffte, der Geruch würde die zwar noch ängstliche, aber ausgehungerte Millie hervorlocken.

Dann setzten wir unsere Suche fort. Die riesigen Kühlschränke waren ausgeschaltet und abgesperrt worden. Wir kontrollierten die Belüftungsklappen, die Rohre an der Decke und jedes nur vorstellbare Versteck. Keine Spur von Millie.

»Versuchen wir es im Lager«, sagte Sonny, nahm mich

an der Hand und führte mich durch eine weit geöffnete Tür in den langen Raum.

An den Wänden waren fast bis zur halben Höhe Kartons mit getrockneten Lebensmitteln aufgetürmt – vor allem Pilze und Ingwerwurzeln.

»Hiiieeerher, Mieze, Miez, Miez! Komm hervor, komm hervor, wo immer du bist, Millie!«

Nichts. Nichts zu hören. Nichts zu sehen.

»Schau dir das an«, sagte Sonny und klopfte auf einen der Kartons.

Auf den Lebensmittelkarton war mit Schablone der Name BANDA-ACEH gemalt.

»Was bedeutet das?« fragte ich.

»Das ist der Name einer Hafenstadt auf Sumatra, von wo die Kartons verschifft werden.« Er studierte den Namen lange Zeit, war offenbar fasziniert davon. »Es ist erstaunlich«, sagte er schließlich, »wie sich die chinesische Küche über den ganzen Erdball verbreitet hat, auf alle Kontinente. Es ist wahrscheinlich die einzige Küche, die es überall auf der Welt gibt.« Er starrte mich an, als erwarte er von mir Bestätigung, die er aber nicht erhielt. »Natürlich mit Ausnahme der Big Macs«, bemerkte er dann.

Wir suchten noch weitere fünfzehn Minuten und gaben dann auf. Die offene Dose Katzenfutter ließen wir stehen – für alle Fälle. Aber Millie war nicht in dem Restaurant. Da war ich mir ganz sicher.

Wir gingen langsam Richtung Norden, spazierten durch die Menschenmassen, die der Frühling in den Washington Square Park gelockt hatte. Ich wies auf eine leere Bank neben den Schachtischen. Wir setzten uns.

Allmählich beschlich mich leise Angst. Oh, nicht meinetwegen – wegen Millie.

Es schien nun sicher, daß Millie von den drei Männern mit den Pistolen aus dem Restaurant mitgenommen worden war. Ja, daß sie richtiggehend entführt worden war. Zu irgendeinem Zeitpunkt während ihrer Schreckensherrschaft hatte sie einer der Männer geschnappt. Daran bestand für mich kein Zweifel. Eine verängstigte Katze, die sich versteckte, hätte eine Spur im Lokal hinterlassen. Wäre Millie nach der Schießerei noch in dem Restaurant gewesen, hätte ich irgend etwas gefunden. Nein. Sie hatte das Lokal mit den Männern verlassen.

Aber wie konnte ich das dem Mann neben mir sagen? Er war bereits von Rothwax gewarnt worden, daß ich mich manchmal in eine verrückte Katzenfrau verwandelte; daß ich in die harmlosesten Fälle Katzenprobleme hineininterpretierte.

Nein, ich konnte ihm nicht sagen, daß Millie mit Gewalt weggebracht worden war, gegen ihren Willen. Aber es war ein weiterer Anreiz, mich mit dem Fall Dan Wu zu befassen – um gleichzeitig Sonny und Millie zu helfen.

»Kann ich dich etwas fragen, Sonny?«

»Solange es nichts Persönliches ist«, witzelte er.

»Es geht um den Fall Dan Wu.«

»Schieß los.«

»Nun, als ich mit dir zu diesem Dinner ging, habe ich das Gefolge von Dan Wu sehr genau beobachtet. Die beiden Begleiter von Dan Wu schienen sich sehr seltsam zu benehmen. Ich habe mich gefragt, warum ihr sie nicht genau überprüft habt.«

»Wie kommst du darauf, daß wir das nicht getan haben?« antwortete er gereizt.

»Du hast mir nichts von ihnen erzählt.«

»Ich erzähle dir nicht alles. Außerdem sind Anna Li und Jack Pallister bloß zwei von Wus Lakaien.«

»Wie kannst du so sicher sein, daß sie Lakaien sind?«

Nun war er wirklich zornig und stand auf. »Bist du mit dieser Bank zufrieden?« fragte er; er wechselte das Thema und beherrschte sich.

»Sie ist okay, Sonny.«

Er starrte mich lange an und setzte sich dann wieder neben mich. »Was hast du vor, Alice? Worauf willst du hinaus?«

»Also, ich glaube nicht, daß ich dir in bezug auf Anna Li helfen kann.«

»Das ist verdammt richtig. Chinesen erzählen weißen Ermittlern genau das, was sie hören wollen.«

»Aber mit Jack Pallister ist das anders. Er war mal beim Theater. Ich kann eine Menge über ihn herausbekommen, Informationen, über die der Retro-Computer nicht verfügt.«

»Was ist los, Alice? Den Sex mit mir hast du satt, also willst du jetzt ein wenig Polizeiarbeit mit mir machen?«

»Der Sex war gut«, sagte ich sanft.

Er sah mich mißtrauisch an; seine schönen Augen glänzten im Licht des Nachmittags. Er schien einem Wutanfall nahe zu sein. Dann sagte er von oben herab: »Verdammt noch mal, Alice, tu, was du willst. Es kann mich nicht verletzen.«

## 12

Warum sollte jemand eine Küchenkatze entführen? Millie war eine schöne Tigerkatze, aber so schön nun auch wieder nicht. Wahrscheinlich war sie auch klug, aber so klug nun auch wieder nicht. Und außerdem hatten diese drei jungen Killer in den langen Jacken nicht wie Katzenliebhaber ausgesehen. Dennoch war es möglich, daß sie die ganze Schießerei nur inszeniert hatten, um Millie mitzunehmen. Der Gedanke war verrückt ... verwirrend.

In diese Überlegungen versunken, ging ich die Straße entlang. Dann tauchte ich aus meinem Tagtraum auf und blickte hoch. Auf dem Schild über dem Geschäft stand MATRATZEN. Das kleinere Schild darunter trug die Aufschrift BETTENZUBEHÖR ALLER ART. Ich starrte durch das Fenster. Es war ein schmaler, langgezogener Laden, an dessen Wänden alle möglichen Etagenbetten, Matratzen, Futons, Hängematten, Bettzeug und anderes Zubehör ausgestellt waren.

Zwei Tage lang hatte ich Freunde von früher, vom Theater, angerufen und Informationen über Jack Pallister eingeholt. Die meisten meiner Bekannten konnten sich überhaupt nicht an ihn erinnern.

Ein paar erinnerten sich vage daran, daß er in den späten sechziger und frühen siebziger Jahren in Manhattan aufgetreten und im Ruf gestanden war, in verschiedenster Hinsicht exzentrisch zu sein. So das Übliche.

Einer erinnerte sich daran, daß er eine kleine Rolle in einer Inszenierung von *Heinrich IV.* gehabt hatte.

Ein anderer glaubte sich zu erinnern, daß Pallister einmal in einer Kaffeehaus-Inszenierung von *Endspiel* von Beckett gespielt und eine Meisterleistung geliefert hatte.

Und dann fiel zum Glück der Name Renee Locke und die Andeutung, daß Renee und Jack einmal etwas miteinander gehabt hatten. Ich nahm Verbindung mit ihr auf. Sie war jetzt eine sehr formelle Frau mittleren Alters und leitete einen Wohltätigkeitsfonds für diverse Gesundheitsprojekte.

Sie wollte nicht über ihre Vergangenheit beim Theater reden. Sie wollte nicht über Jack Pallister reden. Sie fand alle meine Fragen geschmacklos. Um mich loszuwerden, riet sie mir, mit einem Mann namens Nicholas Yagoda zu sprechen, der Jacks Partner in einem Komikerduo gewesen war.

Komiker? Ja, versicherte mir Renee Locke. Da ihm als Schauspieler der Erfolg versagt blieb, beschloß Jack, Komiker zu werden. Pallister und Yagoda waren als Duo aufgetreten. Wie Nichols und May. Das Problem bestand darin, meinte Renee, daß sie nicht komisch waren.

So kam es, daß ich jetzt vor einem Bettengeschäft in der West 14th Street stand, das einem Nicholas Yagoda gehörte.

Yagoda hatte sein Fiasko beim Theater gut überstanden. Er war um die Fünfzig, schick gekleidet, klein, durchtrainiert, braungebrannt, mit gestylter Frisur. Er sah aus wie ein unaufdringlicher, aber sehr erfolgreicher Fernsehshowmaster.

»Kann ich Ihnen behilflich sein?« fragte er ungezwungen, einen Arm über ein zusammengeklapptes Matratzenbett auf Rädern gelegt.

»Ich komme von der Citibank«, log ich ihm ins Gesicht. Er musterte mich von oben bis unten, zuerst einfach nur neugierig, dann mit lüsternem Blick. Ich fuhr fort: »Jack Pallister hat unsere Bank um einen ziemlich hohen Kredit ersucht und Sie als Referenz angegeben.«

»Ist das Ihr Ernst?« fragte er. Sein Gesicht nahm einen so bedrohlichen Ausdruck an, daß ich unwillkürlich einen Schritt zurückwich.

»Mein voller Ernst«, antwortete ich, jetzt wieder ruhiger.

»Diese Unverfrorenheit! Die Frechheit, die dieser Mistkerl besitzt, ist unfaßbar!« rief Yagoda. Er drehte sich halb um, als könne nur die Matratze auf Rädern begreifen, wie absurd mein Ansinnen war.

Dann knallte er seine Hand auf den Matratzenrahmen. »Passen Sie mal auf, Lady, wer immer Sie sein mögen! Das einzige, was ich von Jack Pallister hören will, ist, daß er abgekratzt ist! Das wäre für mich ein Grund zum Feiern. Er ist ein falscher, hinterhältiger, schmieriger Hurensohn. Der würde seine eigene Großmutter bestehlen!«

Das war eine so heftige verbale Reaktion, daß ich nur in einem etwas bekümmerten Tonfall sagen konnte: »Aber Sie waren sein Partner.«

»Stimmt. Wir haben zusammen als Komiker gearbeitet. In Nachtclubs. Er hat mich mit den Agenten, den Managern und den Nachtclubbesitzern hereingelegt. Er hat mich in bezug auf das Geld belogen. Er hat mich in bezug auf die Auftritte belogen. Wo immer Jack Pallister auftaucht, verpestet er die Luft.«

»Vielleicht war es nur ein Mißverständnis.«

Er lachte dröhnend über meine Bemerkung. »Sie haben Sinn für Humor, Lady. Sie können nicht von der Bank sein. Hören Sie! Jeder, der Jack Pallister länger als acht Minuten kannte, wußte, daß er eine miese Ratte war. Eine miese Ratte! Etwa acht Minuten dauerte es, bis er sich überlegt hatte, wie er einen übers Ohr hauen konnte. Und das tat er dann auch. O ja, das tat er immer. Immer.«

Yagoda redete schneller und schneller – so schnell, daß er außer Atem geriet. Er hielt inne, fing sich, und begann von Neuem.

»Es dauerte etwa acht Minuten, bis er einen reinlegte, aber nur etwa acht Sekunden, bis er seine Chinashow abzog. Er macht den Leuten gerne weis, daß er ein spiritueller Mensch ist. Er redete ständig über Akupunktur und chinesische Kräuterheilkunde und allen möglichen taoistischen und buddhistischen und weiß Gott was noch für einen Quatsch. Und im nächsten Moment klaute er einem die Brieftasche.«

Dann fiel sein Zorn plötzlich in sich zusammen. Er verstummte einfach, schüttelte den Kopf und winkte mich mit einer Handbewegung weg. Ich hätte ihn gern gefragt, ob er meinte, daß Pallister buchstäblich Brieftaschen klaute oder nur bildlich gesprochen. Ich hätte ihn gern gefragt, ob Pallister tatsächlich Akupunktur und Kräuterheilkunde betrieb, oder ob er nur davon sprach. Ich hätte eine ganze Menge Fragen gehabt. Aber es war offensichtlich, daß Mr. Yagoda nichts mehr sagen würde.

Ich dankte ihm und ging.

Noch nie zuvor hatte ich in einem so frühen Stadium der Ermittlungen über jemanden so aufschlußreiche Informationen bekommen. Wenn Jack Pallister wirklich so schlimm war, wie Yagoda sagte – selbst wenn er nur halb so schlimm war –, dann mußte Dan Wu gewußt haben, worauf er sich einließ, als er ihn als Geschäftsführer engagierte. Und dann hatte Dan Wu wirklich »Dreck am Stecken«, genau wie Sonny gesagt hatte. Und wenn Jack Pallister so schmierig war, wie Yagoda gesagt hatte, und wenn er im Auftrag von Dan Wu handelte, was wahrscheinlich der Fall war, dann wußte Pallister mit ziemlicher Sicherheit, was hinter der Schießerei steckte ... und was aus Millie geworden war. Daß ihn alles Chinesische so faszinierte, machte die ganze Situation undurchsichtig, aber ich hatte intuitiv das Gefühl, daß ihn das nur noch mehr belastete.

Als ich wieder draußen auf der Straße war, holte ich tief Luft. Ich war high – ich hatte Glück gehabt. Ich warf einen Vierteldollar in einen Telefonautomaten. Er war kaputt. Der Vierteldollar war weg. Ich warf einen zweiten in den Automaten daneben und erreichte Sonny.

Er war in Eile, gerade am Weggehen. Er mußte in die Innenstadt. Ich bat ihn um fünf Minuten Zeit.

»Warte vor dem Haustor auf mich, dann kannst du mit mir zur U-Bahnstation am Astor Place gehen«, sagte er.

Ich legte auf und lief rasch zur University / Ecke 12th Street. Als ich hinkam, ging er bereits vor seinem Haus auf und ab.

Er packte mich am Arm, und wir marschierten Richtung U-Bahn.

»Hast du Ärger?« fragte er.

»Keinen Ärger«, antwortete ich. Dann erzählte ich ihm, was ich über Jack Pallister erfahren hatte. Er hörte mir zu. Er sagte kein Wort. Wir waren noch einen Häuserblock von der U-Bahn entfernt.

»Hast du mitbekommen, was ich gesagt habe, Sonny?«

»Natürlich. Gute Arbeit. Ein paar interessante Fakten.«

»Nun, glaubst du nicht, du solltest Jack Pallister irgendwie überwachen lassen?«

»Ich glaube nicht, daß das nötig ist.«

»Aber Sonny, vielleicht ist er der Schlüssel zu diesem ganzen Unsinn.« Ich biß mir auf die Lippen, weil ich etwas so Geschmackloses gesagt hatte. Eine tote junge Serviererin war kein »Unsinn«. Und genausowenig – zumindest für mich – eine entführte Tigerkatze.

»Ich bezweifle es. Hör mal, ich muß jetzt gehen.«

»Du bist stur, Sonny.«

Seine Augen blitzten zornig. »Nenn mich nicht dumm, Alice.«

»Ich *habe* dich nicht dumm genannt. Ich habe dich stur genannt.«

»Du hast aber dumm gemeint.«

»Okay«, sagte ich. Jetzt wurde ich selber wütend. »Ich habe dumm gemeint.«

Da schrie er mich mitten auf der Straße an, ich mischte mich in Dinge ein, die mich nichts angingen.

Ich drehte mich um und ging, so schnell ich konnte, von ihm weg. Er hörte zu schreien auf. Mit flehender Stimme rief er mir nach: »Warte!«

Ich lief zu ihm zurück. Er schloß mich in die Arme. »Es tut mir leid, Alice. Mein Gott, es tut mir leid.« Wir hielten einander ganz fest. Er küßte mich. Er flüsterte: »Ich will nicht mit dir streiten, Alice. Ich will niemals mit dir streiten.« Dann ging er hinunter in die U-Bahn.

Ich blieb lange Zeit stehen. Ich wußte, wenn ich diese Harmonie erhalten wollte, mußte ich, und zwar ich ganz allein, Mr. Jack Pallister überwachen, den Mann, der asiatische Geheimnisse liebte – und vielleicht auch Küchenkatzen.

## 13

Mein einziges Zugeständnis an die Regeln der Überwachung war ein großer Strohhut mit einem rot-weiß-blauen Band. In dieser Verkleidung kam ich – allein, heimlich und entschlossen – frühmorgens um zehn nach sieben zu Jack Pallisters Wohnhaus.

Pallister wohnte in einem äußerst schäbigen Gebäude in der 58th Street / Ecke Ninth Avenue. Anfangs kam es mir merkwürdig vor, daß er jetzt in so einem Haus wohnte, bis mir klar wurde, daß das die Wohnung sein mußte, in der er schon als hoffnungsvoller Schauspieler gelebt hatte. Damals arbeiteten alle brotlosen Schauspieler – wenn sie überhaupt arbeiteten – ganz unten in Manhattan – und wohnten außerhalb der Innenstadt, gewöhnlich am Rande jenes Slums, das Hell's Kitchen genannt wurde. Als außerhalb der Innenstadt galt damals alles, was nördlich der 23rd Street lag.

Vielleicht wohnte Jack Pallister noch immer in diesem heruntergekommenen Haus, weil er eine sentimentale Ader hatte. Oder vielleicht war er sparsam. Oder vielleicht lag es einfach daran, daß ihm Dan Wu nicht soviel Geld zahlte, wie man aufgrund seines hochtrabenden Titels annehmen würde: Geschäftsführer von Dan Wu Enterprises.

Um fünf nach acht tauchte Pallister auf. Er trug ein schönes Jeanshemd mit schwarzer Krawatte und einen Pullover zum Schutz gegen die eigentlich gar nicht kühle Frühlingsluft. Vor der Kälte nehmen sich alle Schauspieler in acht.

Sein Gesicht war gerötet wie damals im Waldorf, als er beschwipst war. Sein schütteres sandfarbenes Haar war zurückgekämmt. Er wirkte gutgelaunt. Er wirkte konzentriert. Trotz seines Bauches, den sein Kummerbund beim Dinner der Jade-Gesellschaft wunderbar kaschiert hatte, marschierte er flott einher.

Den Strohhut keß tief ins Gesicht gezogen, folgte ich ihm. Wenn er mich – beschwipst wie er war – bei dem

Bankett erkannt hatte, würde er mich auf der Straße erst recht erkennen, selbst aus dem Abstand von einem halben Häuserblock, den ich zu ihm hielt.

Er ging die Ninth Avenue hinunter, Richtung Süden. Als wir am Busbahnhof der Hafenbehörde vorbeikamen, fragte ich mich allmählich, ob er vielleicht gar kein Ziel hatte, ob er vielleicht nur, um sich etwas Bewegung zu verschaffen, im Kreis marschierte.

Schließlich hielt er an einem Stehimbiß in der Ninth Avenue / Ecke 35th Street inne und bestellte ein Muffin und Kaffee. Dann ging er weiter Richtung Süden.

Ich trug bequeme Laufschuhe mit dicken weichen Gummisohlen, aber meine Füße begannen von der Anstrengung dieser Überwachung trotzdem zu schmerzen.

Pallister bog nun unvermittelt Richtung Osten in die 23rd Street ab, ging einen Häuserblock weiter und betrat ein vierstöckiges Gebäude zwischen der Seventh und der Eight Avenue.

Ich wartete ein paar Minuten und folgte ihm dann in den winzigen Vorraum. Ja, bei Suite E stand DAN WU ENTERPRISES. Was für ein langweiliges Gebäude für das Büro eines berühmten Küchenchefs! Man würde doch meinen, er hätte einen Glaspalast in Chinatown – etwas Schönes und Exotisches.

Doch als ich mich wieder auf der Straße befand und nach oben schaute, stellte ich fest, daß das Haus gar nicht so schäbig war – innen war es eindeutig renoviert worden und hatte jetzt offenbar auch Geschäftsräume mit großen, hohen Fenstern.

Es war kurz nach halb zehn. Ich überquerte die 23rd Street und setzte mich an die Theke eines kleinen Cafés, von dem aus ich den Eingang des Gebäudes sehen konnte, in das Pallister gegangen war. Ich bestellte eine Tasse Kaffee und einen kleinen Orangensaft.

Wie lange würde er dort bleiben? Und wenn er den ganzen Tag drinnenblieb? Dieser Gedanke war sehr ernüchternd. Ich hatte die Überwachung ganz euphorisch begonnen, sie aber nicht sorgfältig durchdacht. Sie war eine Möglichkeit, Sonny heimlich zu helfen und ihm gleichzeitig zu zeigen, daß er mich nicht herumkommandieren konnte. Und natürlich tat ich es für die arme, verschwundene Millie, wo immer sie in ihrer ganzen getigerten Pracht jetzt sein mochte.

Als ich am Morgen losgezogen war, wäre mir nie in den Sinn gekommen, daß Jack Pallister einfach von morgens bis abends arbeiten könnte. Wenn das wirklich der Fall war, würde es bedeuten, daß ich sieben Stunden in einem Café zubringen und eine Tasse nach der anderen trinken mußte, um nicht hinausgeworfen zu werden. Ein unerträglicher Gedanke.

Aber hat es jemals einen Ex-Schauspieler gegeben, der einen ganzen Tag arbeiten kann? Sie schaffen das einfach nicht. Sie sind zu unbeständig.

Zu diesen meinen ziemlich verzweifelten Spekulationen bestellte ich mir ein getoastetes Maismuffin. Fünfzehn Minuten später erwiesen sich diese Spekulationen als belanglos.

Jack Pallister kam aus dem Haus und sah auf die Uhr. Er begann sehr rasch in der 23rd Street Richtung Westen zu gehen.

Ich flitzte aus dem Lokal und folgte ihm auf der anderen Straßenseite, wobei ich meinen Strohhut festhielt, damit er mir nicht vom Kopf fiel. Ich mußte fast rennen, um ihn nicht aus den Augen zu verlieren.

Er betrat die U-Bahn-Station in der Eighth Avenue

auf der nördlichen Seite der 23rd Street. Ich ging auf der Südseite hinunter. Er nahm den zweiten Waggon eines E-Zugs. Ich stieg in den dritten Wagen und beobachtete ihn durch das Fenster zwischen den beiden Waggons.

Mein Herz hämmerte. Ich war so schnell in die U-Bahn eingestiegen, daß ich nicht einmal wußte, wohin sie fuhr. Dann sah ich die Haltestellen, an denen wir vorbeikamen. Wir waren eindeutig Richtung Norden unterwegs. Die U-Bahn hielt in der 34th Street. Er stieg nicht aus. Und er stieg auch an keiner der anderen Haltestellen in Manhattan aus, also wußte ich, daß wir nach Queens fuhren.

Zwanzig Minuten später verließ er die U-Bahn in der Continental Avenue in Forest Hills. Er lief jetzt fast. Er bog in die Austin Street ein, dann in eine weitere Seitenstraße. Er sprang die drei Stufen zu einem kleinen Backsteingebäude hinauf, läutete und verschwand in dem Haus.

Ich ging näher heran, um das kleine Schild an der Tür zu lesen:

DR. M. L. MEI
AKUPUNKTUR
IN HONGKONG AUSGEBILDET
SPRECHSTUNDEN: MO.–FR. 9.45–15.45 UHR

Ich kam mir vor wie ein Idiot. Das Hochgefühl der abenteuerlichen Jagd verpuffte. Pallister war wie ein Besessener nach Queens gefahren, nur um sich ein paar Nadeln in den Körper stechen zu lassen.

Ich ging vom Haus weg und starrte auf einen kleinen, kränklich aussehenden Ginkgobaum. Während ich noch überlegte, an welcher Stelle in dieser Straße ich mit meiner Überwachung, aus der jetzt die Luft raus war, fortfahren sollte, sah ich, daß noch jemand zu dem Haus ging und an der Tür läutete. Der Mann war sehr seltsam gekleidet: er trug eine hellbraune Hose und darüber eine wadenlange schwarze Tunika. Und auf dem Kopf hatte er einen dieser kleinen viereckigen Pillbox-Hüte.

Ich hatte keine Ahnung, welche Art Kleidung das war.

Fünfzehn Minuten später kam noch ein Mann. Auch er trug diese exotische Kleidung.

War das eine indische Tracht? Pakistanisch? Nein.

Dann fiel mir ein, wo ich sie schon gesehen hatte: in einem Film über Sukarno, den ehemaligen Präsidenten von Indonesien, einen brutalen Diktator.

Und dann fielen mir die Kartons mit getrockneten Pilzen und Ingwerwurzeln ein, die mir Sonny im Lager von Dan Wus Restaurant gezeigt hatte.

An den Namen der Hafenstadt, der mit Schablone auf die Kartons gemalt war, konnte ich mich nicht mehr erinnern, aber Sonny hatte gesagt, die Stadt sei auf Sumatra, und ich wußte, daß Sumatra Teil des indonesischen Archipels ist.

Plötzlich war ich hellwach und sehr an dem kleinen Backsteinhaus interessiert. Dies war ein so bemerkenswerter und seltsamer Zufall, daß ich mir die Chance nicht entgehen lassen konnte. Ich mußte das erkunden.

Fünfundvierzig Minuten, nachdem Jack Pallister hineingegangen war, kam er wieder heraus. Er machte einen ruhigen und zufriedenen Eindruck. Die Akupunktur hatten offenbar Wunder gewirkt. Jetzt wußte er wieder seinen Text. Er ging in Richtung U-Bahn.

Ich ließ ihn alleine fahren. Sobald er aus meinem Blickfeld verschwunden war, stieg ich die Stufen des Backsteingebäudes hinauf und läutete an der Glocke. Ein Summer ertönte, und ich trat ein.

Ich stand in einem kleinen Vorraum. Dahinter war ein Wartezimmer mit rotlackierten Möbeln im chinesischen Stil, in dem vier Patienten saßen: drei Männer und eine Frau. Zwei der Männer trugen die unverkennbare indonesische Kleidung.

Am anderen Ende des Wartezimmers ging langsam eine Tür auf, und ein zwergenhafter, weißhaariger Chinese starrte mich an. Er schloß sanft die Tür hinter sich und ging auf mich zu.

»Ich bin Dr. Mei«, sagte er mit einer respektvollen kleinen Verbeugung, als sei ich eine überaus wichtige Persönlichkeit, die seine bescheidene Praxis mit ihrer Anwesenheit beehrte. »Womit kann ich Ihnen dienen?«

Sein Benehmen erinnerte mich an ein Gespräch, das ich mit Sonny geführt hatte: ich hatte ihn gefragt, was die Chinesen in die Lage versetzte, auf unglaublich engem Raum so gut miteinander auszukommen. In Chinatown in New York zum Beispiel, der dichtest bewohnten Gegend der Stadt, wird man auf der Straße nie angerempelt. Sonny antwortete, das sei ganz einfach, den Chinesen würde von Kindheit an beigebracht, sich so zu benehmen, als sei jeder, mit dem sie in Kontakt kommen, gesellschaftlich höherstehend – ob das nun der Fall ist oder nicht. Und das gilt wirklich für alle – vom Abschaum der Gesellschaft bis zu wirklich hochgestellten Persönlichkeiten. Was für eine wunderbare Methode gegen unhöfliches Benehmen und Anrempeln auf belebten Straßen!

Dr. Mei trug einen gestärkten weißen Mantel, wie ein

Zahnarzt. Er war von oben bis unten zugeknöpft. Und er trug Hauspantoffel.

»Entschuldigen Sie, daß ich so hereinplatze, Dr. Mei«, sagte ich. »Ich wollte bloß einen Termin, und ich konnte Ihre Telefonnummer im Telefonbuch nicht finden.«

»Aber ich stehe im Telefonbuch«, beteuerte er. Dann lächelte er, als wäre das so oder so überhaupt nicht von Bedeutung. »Ich habe jetzt einen Patienten, und es warten noch andere. Können Sie mir kurz sagen, wofür Sie meine Hilfe brauchen?«

Ich überlegte schnell. »Beinkrämpfe, Dr. Mei. Sie kommen ganz plötzlich und setzen mich völlig außer Gefecht. Ich war schon bei einem Dutzend Ärzten, und keiner von ihnen konnte mir helfen.«

Er lächelte und tätschelte meinen Arm. »Mit wem spreche ich?«

»Hayley Mills«, log ich.

»Kommen Sie in zwei Tagen, Miss Mills. Um zehn Uhr früh.«

»Vielen Dank, Dr. Mei«, sagte ich und ging.

Ich lief zur U-Bahn, überlegte es mir aber dann anders. Ich dachte daran, ein Taxi zu nehmen, doch das war einfach ein zu teurer Luxus. Statt dessen ging ich über den breiten Queens Boulevard und stieg in einen sehr langsamen Bus nach Manhattan.

Ich hatte keine Ahnung, wohin das alles führen würde, aber ich wußte, daß ich das Richtige gemacht hatte. Wenn sich Dr. Mei als Sackgasse erwies, würde ich mich wieder auf Jack Pallister konzentrieren. Außerdem war es Zeit, daß ich endlich einmal selbst Akupunktur probierte.

An der Ecke 60th Street / Second Avenue in Manhattan stieg ich aus. Dort nahm ich den Bus Richtung Innenstadt bis zur 28th Street, wo ich etwas Obst und Papierhandtücher kaufte.

Als ich mein Haus erreicht hatte, stellte ich die Einkaufstüte vor der Tür ab, um mich vor dem langen Aufstieg zu meiner Wohnung ein wenig auszuruhen.

Ein heftiger kühler Wind hatte eingesetzt. Ich schloß die Augen und ließ ihn über mein Gesicht streifen. Ich hatte solche Sehnsucht nach Sonny.

Schließlich nahm ich meine Einkaufstüte und öffnete die Haustür.

Plötzlich schoß ein furchtbarer Schmerz durch meinen Unterschenkel.

Einen Augenblick später hörte ich einen lauten Knall. Und noch einen Knall. Und noch einen.

Ich sank auf ein Knie. Mein Strohhut fiel hinunter.

Ich griff danach, und meine Finger spürten etwas Warmes, Klebriges.

Da wußte ich, daß man auf mich geschossen hatte. Irgendwelche Leute begannen zu schreien, aber ich konnte sie nicht sehen. Ich fühlte mich schwindlig, fast glücklich. Und dann begann sich die Welt sehr schnell zu drehen.

## 14

Millie sah wunderschön aus in ihrem weißen Hochzeitskleid. Den roten Schwanz mit dem schwarzen Strumpfband hatte sie hoch aufgerichtet.

Bushy, in Smoking und Zylinder, machte eine prächtige Figur.

Der Trauzeuge war Pancho, ohne Schuhe, aber ansonsten tadellos gekleidet; sein mattes graues Fell war glänzend gebürstet und sein kurzer Schwanz ordentlich gekämmt.

Der Pfarrer war Dan Wu. Und sein Ministrant, der den Ehering auf einer Akupunkturnadel hielt, war Dr. Mei.

Ich sah mir die Zeremonie von draußen an, durch ein farbiges Kirchenfenster. In einer Kirchenbank saß meine Großmutter und hielt einen kleinen eurasischen Jungen an der Hand.

Ein nackter Klavierspieler begann zu spielen und zu singen: »Wir versammeln uns vor dem Altar ...«

Dann wachte ich auf.

Ich lag auf einer Krankenhausbahre, die an eine lange Wand in der Unfallambulanz des New York Hospital geschoben worden war. Zu meinen Füßen stand eine weitere Bahre mit einer großen, bewußtlosen Frau, die auf der Seite lag. Auf der Bahre hinter meinem Kopf lag ein magerer Latino, der an viele Schläuche angeschlossen war. Sonny hielt ganz fest meine Hand. Er wirkte sehr aufgeregt.

»Was ist passiert, Sonny?«

Er versuchte witzig zu sein. »Ich kann dich nicht einen Augenblick allein lassen, was, Alice? Also, die hiesigen Polizisten glauben, daß du in eine Streiterei der Junkies von dieser Methadonklinik beim Bellevue geraten bist.«

Da fiel mir das Blut ein. Und mein Strohhut. Schnell setzte ich mich auf und starrte auf mein linkes Bein.

»Alles in Ordnung, Alice. Dir ist nichts passiert! Die Kugeln haben deine Ferse bloß gestreift, es ist nur die Haut aufgerissen worden. Sie sind vorbeigezischt ... wie Bowlingkugeln, aber sie sind nicht eingedrungen. Viel Blut, wenig passiert.«

Ich wackelte mit den Zehen. Alles fühlte sich taub an. Ich sah einen weißen Gazeflecken, der an der Ferse klebte.

»Warum bin ich in Ohnmacht gefallen?«

»Wahrscheinlich durch den Schock. So was kommt vor, Alice. Deshalb braucht man sich nicht zu schämen. Der Anblick des eigenen Blutes haut einen manchmal um.«

Ich hatte das Blut nicht gesehen, aber ich erinnerte mich, daß ich es berührt hatte. Ich erinnerte mich, wie klebrig es gewesen war.

Sonny begann meine Handfläche zu küssen. »Als ich hörte, was geschehen ist, bin ich fast durchgedreht«, sagte er. »Ich könnte es einfach nicht verkraften, wenn dir jetzt etwas passiert, Alice. Ich weiß wirklich nicht, was ich tun würde, wenn es dich nicht mehr gäbe.«

»Trauern, wie jeder andere«, bemerkte ich.

»Vielleicht solltest du lieber aus dieser Straße wegziehen, Alice.«

»Meine Straße ist okay ... und sicher.«

»Stimmt!« sagte Sonny sarkastisch.

»Ich bin nicht von Drogenhändlern angeschossen worden«, sagte ich sachlich, aber bestimmt.

»Hast du denn gesehen, wer geschossen hat?« fragte er ungläubig.

»Nein.«

»Was meinst du dann? Ich verstehe nicht, was du sagen willst, Alice.«

»Es war eine Warnung.«

Er warf in einer kindlichen Geste der Ungeduld die Arme hoch.

Ich fuhr fort: »Ich bin Jack Pallister gefolgt.«

»Du bist *was*?« blaffte er zornig. Dann drehte er sich

um und ging von mir weg, um seinen Zorn zu unterdrücken . . . und kam wieder zurück.

»Ich habe dich doch *gebeten*, das nicht zu tun«, sagte er böse.

»Nun, ich habe es getan.«

Er griff wieder nach meiner Hand und drückte sie jetzt an sein Gesicht. Sein Blick war bittend, sanft, flehend. In diesem Augenblick wurde mir zum ersten Mal klar, daß Sonny Hoving mich liebte. Es machte mich glücklich; gleichzeitig war mir aber auch seltsam unbehaglich zumute, als spiele ich eine Rolle, die nicht zu mir paßte. Mein Partner war zu jung . . . zu kleinbürgerlich . . . zu sehr New Yorker Polizist, trotz allem.

»Du mußt auf mich hören, Alice. Dan Wu ist ein sehr gefährlicher Mann. Und wenn du seine Arbeitsbienen aufstörst, wirst du böse gestochen werden.«

»Dieser Dan Wu mag ein gefährlicher Mann sein, aber vielleicht ist er auch nur ein sehr guter Koch.«

»Ich warne dich: Sei nicht naiv, Alice.«

Ich schloß die Augen und tat, als schliefe ich.

Ein paar Stunden später brachte er mich nach Hause, und dann ging er. Vorsichtig versuchte ich meine Ferse zu belasten; ganz langsam ging ich von einem Ende des Wohnzimmers zum anderen, vom Fenster zur Tür, wobei ich die ganze Zeit von einer sehr verwirrten Maine-Coon-Katze beobachtet wurde.

Die Ferse tat nur weh, wenn ich mein ganzes Gewicht darauf verlagerte. Ich entdeckte sehr schnell eine andere Methode zu gehen, die beim Zuschauer zweifellos den Eindruck erweckte, daß ich in meiner Kindheit irgendeinen Unfall gehabt hatte, von dem ich ein kürzeres Bein davongetragen hatte.

Am nächsten Morgen beleuchtete ich kritisch meine Möglichkeiten.

Erstens: Die ganze Geschichte vergessen und meinen Termin bei Dr. Mei absagen.

Zweitens: Den Termin bei Dr. Mei absagen, ihn aber unter Überwachung stellen – durch mich.

Warum Dr. Mei überwachen? Weil sich der Faden von Wu über Pallister zu Mei spannte. Und weil dieser Faden noch schillernder wurde durch die Verbindung mit Indonesien: die Kartons mit getrockneten Lebensmitteln in Dan Wus Restaurant und die Indonesier, die auf die Akupunktur durch einen Arzt warteten, den auch Pallister in Anspruch nahm oder zumindestens aufsuchte.

Welche Möglichkeiten mir offenstanden war klar. Andere Dinge waren nicht so klar. Meine Motive zum Beispiel. Wenn ich von meinem jungen Mann so bezaubert war, warum handelte ich weiterhin gegen seinen Wunsch, ich solle mich aus der Sache heraushalten? Tat ich es wirklich, um ihm zu helfen? Tat ich es für Millie?

Und ebenso unklar war, warum ich keine Angst hatte. Schließlich hatte jemand mit echter scharfer Munition auf mich geschossen – und für mich stand ohne jeden Zweifel fest, daß das eine Warnung gewesen war. Wie Sonnys Ermahnung, ich solle mich aus dem Fall heraushalten ... nur ein bißchen bösartiger.

Warum hatten mir die Schüsse keine Angst eingejagt? Natürlich hatte ich wohl in der Situation selbst, als ich mein eigenes Blut spürte und in Ohnmacht fiel, Angst gehabt. Aber danach war es etwas Abstraktes; ich hatte einfach keine Angst vor dem- oder denjenigen, die das inszeniert hatten.

Ehrlich gesagt, bin ich im Hinblick auf körperliche

Schmerzen ein Feigling. Vor einem Zahnarztbesuch zum Beispiel muß ich gewöhnlich sechs Wochen lang darüber meditieren, wie unpassend eine Zahnlücke für eine Schauspielerin ist, bevor ich mich aufraffen und hingehen kann.

Und sogar meine Großmutter, die mich aufzog, pflegte sich begeistert darüber auszulassen, daß ich als Kind die reine Freude war, weil ich mich nicht wie andere Kinder ständig in Gefahr begab; ich verbrachte meine Zeit nicht mit der Suche nach Pendeltüren, Gartentoren, tiefen Teichen und aufgebrachten wilden Tieren.

Es war ein Rätsel.

Ich entschied mich für Möglichkeit Nummer zwei. Ich steckte in der Geschichte drin. Ich konnte mich nicht zurückziehen. Ich mußte zumindest soweit gehen, bis ich Licht am Ende des Tunnels sah und eine rotgetigerte Küchenkatze, die sich, den langen Schwanz hin- und herschwingend, darin sonnte.

Für einen Angsthasen wie mich war das ein heldenhafter Entschluß, geradezu kaltschnäuzig, und während ich in meiner Wohnung das Gehen mit verletzter Ferse perfektionierte, amüsierte mich dieser Gedanke ein Weilchen sehr.

Verwandelte ich mich etwa allmählich auch in eine von diesen neuen unerschrockenen Frauen, die zur Zeit von der Kinoleinwand strahlen – die coole Sprüche führen, furchtlos und aggressiv sind und über Sport, harte Drinks, Sex und den Tod genauso reden können wie jeder Macho?

Mein Gott, hoffentlich nicht! Ich finde diese Frauen entsetzlich.

Wie jede Schauspielerin hätte ich mit der Erforschung der Motive bis in alle Ewigkeit weitermachen können. Doch das einzige, was ich wirklich wußte, war, daß ich entschlossen war, Dr. Mei zu folgen.

Es war leichter, Mei auf den Fersen zu bleiben als Pallister. Dr. Meis Sprechstunde dauerte bis 15.45 Uhr. Und um diese Zeit begann die Überwachung. Es war ein Kinderspiel.

Ich kam nicht nur mit einem Mietwagen, sondern mit einem Mietwagen samt *Chauffeur*. Das kostete siebzehn Dollar pro Stunde für Mann und Auto. Das Auto war ein riesiger Chrysler. Der Mann war ein Ägypter mit dem exotischen Namen Omar Mecheil.

Es war eine teure Aktion, die ein Viertel meines Girokontos – ohnehin ein empfindliches Pflänzchen – auffraß, aber eine einundvierzigjährige Frau, der die Liebe zu einem jüngeren Mann zu Kopf gestiegen ist, handelt nicht rational.

Besonders, wenn selbige einundvierzigjährige Frau sich für eine hochbegabte Ermittlerin hält.

Und wenn sie den Anblick einer bezaubernden getigerten Küchenkatze nicht vergessen kann.

Und wenn sie eine verletzte Ferse hat.

Und wenn ihr üblicher Mietwagengefährte, ein gewisser Tony Basillio, den Kontakt zu ihr abgebrochen hat, weil ihr Herz für einen anderen schlägt und jetzt ein neuer Mann am Steuer sitzt.

Omar und ich saßen schweigend gegenüber von Dr. Meis Haus im Überwachungswagen. Omar döste. Als ich ihm gesagt hatte, daß wir eine bestimmte Person verfolgen würden wohin immer sie ging, hatte er weder überrascht noch interessiert reagiert.

Der letzte Patient verließ das Haus um 16.15 Uhr.

Dr. Mei selbst tauchte um 16.41 Uhr auf.

Er hatte einen Anzug an und trug eine große, altmodische lederne Aktentasche mit kunstvollen Riemen – die Art, wie sie früher von überspannten Musiklehrern verwendet wurden.

Ich tippte Omar auf die Schulter. Er erwachte und ließ den Motor an. Dr. Mei ging an die Ecke, schloß einen neuen blauen Ford Escort auf und stieg ein. Er startete den Wagen und fuhr los. Wir folgten ihm in unserem riesigen schwarzen Chrysler.

In gleichmäßigem Tempo fuhr Dr. Mei durch die Straßen von Queens. Er fuhr nie schneller als vierzig Stundenkilometer. Als er in eine breite Durchfahrtsstraße mit von Asiaten geführten Geschäften einbog, ging er auf etwa fünfzehn Stundenkilometer herunter.

»Wo sind wir hier?« fragte ich Omar.

»In Flushing«, antwortete er.

Und dann versetzte mich Dr. Mei, der auf mich so sanft und gesetzestreu gewirkt hatte, in Erstaunen, als er dreist in zweiter Spur parkte und mit seiner Aktentasche in eine asiatische Apotheke ging.

Durch das hintere Seitenfenster konnte ich sehen, was sich in dem Laden abspielte.

Dr. Mei wartete geduldig auf den Mann hinter dem Ladentisch, der offensichtlich damit beschäftigt war, eine Arznei zuzubereiten. Dann kam er hinter seinem Tisch hervor und verbeugte sich überaus förmlich; Dr. Mei desgleichen. Sie schüttelten einander die Hand. Nachdem sie sich ein Weilchen anscheinend recht angeregt unterhalten hatten, öffnete Dr. Mei seine Aktentasche, nahm eine kleine braune Papiertüte heraus und gab sie dem Apotheker ... der sich wiederum ein wenig verneigte und mit der Tüte im hinteren Teil des Geschäfts verschwand.

Ein paar Minuten später kam der Apotheker mit einem kleinen weißen Umschlag zurück, den er Dr. Mei reichte. Der steckte ihn in seine Aktentasche.

Ende der Vorstellung. Dr. Mei ging zurück zu seinem Auto.

Noch zweimal blieb er in Flushing stehen. Dann zweimal in Jackson Heights. Dann zweimal in Astoria. Das Szenario war immer dasselbe: eine von Asiaten geführte Apotheke; eine braune Papiertüte; ein weißer Umschlag.

Dann fuhr Dr. Mei zurück nach Forest Hills, parkte sein Auto und verschwand in seinem Haus.

»Nun, Miss?« fragte mein ägyptisch-amerikanischer Fahrer, offenbar in der Hoffnung, daß unsere Expedition zu Ende sein möge – ungeachtet der siebzehn Dollar pro Stunde. Der Verkehr in Queens war sogar noch nervenaufreibender als in Manhattan.

Ich hielt die Hand hoch, um zu signalisieren, daß ich nachdachte. Was geschehen war, war so einfach, daß ich es gar nicht fassen konnte. Ich konnte es nicht fassen, als wie unkompliziert es sich erwiesen hatte. Es war alles ganz klar. Was immer jene braunen Papiertüten enthielten, es war irgendeine Schmuggelware.

Ich empfand keinerlei Triumphgefühle, ich jubelte nicht, ich hatte überhaupt nicht das Gefühl, eine Leistung vollbracht zu haben.

Ich war bloß Zeuge einer Reihe von undurchsichtigen – und wahrscheinlich strafbaren – Transaktionen gewesen.

Es war ein Gefühl, wie wenn eine Schauspielerin zum ersten Mal einem berühmten Regisseur gegenübersteht und dieser Regisseur, anstatt wie erwartet eine tiefsinnige Bemerkung zu machen, die als Bonmot in die Theatergeschichte eingeht, bloß sagt: »Nette Schuhe haben Sie da an.«

Ja, genauso war es.

»Fahren Sie mich nach Manhattan, zur 12th Street / Ecke University«, trug ich ihm auf. Und Omar der Gehorsame fuhr los.

## 15

»Du kannst nicht ständig unangemeldet in meiner Wohnung auftauchen«, witzelte Sonny. »Das macht bei meinen anderen Frauen einen schlechten Eindruck.«

Unbekümmert stand er nackt in seiner Tür. Ich lächelte.

»Was ist so lustig?«

Er war gerade aus der Dusche gekommen und aß ein Stück Honigmelone.

»Ich lächle, weil du ein Mann bist, wie ihn jede Frau haben sollte.«

»Ein wahres Wort«, pflichtete er mir galant bei und bat mich hinein.

Ich küßte ihn auf den Mund und auf die Augen. Es war schön, ihn anzusehen, und schön, ihn zu berühren. Er ließ die Schale der Honigmelone auf den Boden fallen.

»Was ist denn *das*?« fragte er überrascht.

Einen Augenblick, einen kurzen, aber sehr intensiven Augenblick, dachte ich daran, mein vorübergehendes Sexverbot aufzuheben. Aber der Augenblick ging vorbei.

Arm in Arm gingen wir zum Bett. Die kleine Wohnung war von einem sanften Licht erfüllt. Wir setzten uns. Er legte seine Hand in die meine, und ich legte unser beider Hände keusch auf meinen Schoß.

»Wie geht es deiner Ferse?« fragte er.

»Sie fühlt sich ein bißchen steif an.«

»Hast du Schmerzen?«

»Nein. Keine Schmerzen. Aber ich bin auch den ganzen Tag gefahren, statt zu gehen.«

Er machte ein nachdenkliches Gesicht.

»Ich bin mit dem Auto nach Queens gefahren«, sagte ich.

»Die Leute tun die seltsamsten Dinge, wenn sie angeschossen worden sind.«

»Und als ich dort war ... wo fand ich mich da plötzlich wieder? Vor der Praxis eines Facharztes für Akupunktur, den Jack Pallister häufig besucht. Eines Mannes, der zufällig viele indonesische Patienten hat.«

Sonny begann traurig den Kopf zu schütteln. Er zog seine Hand weg.

»Und Wunder über Wunder«, fuhr ich wie eine Märchenerzählerin fort, »dieser Arzt, Dr. Mei, kommt heraus und steigt in sein Auto. Und aus reiner Neugier folge ich ihm.«

»Verdammt!« rief Sonny, stand auf und ging zum Fenster. »Was ist los mit dir, Alice? Das frage ich immer wieder. Bist du verrückt? Wir haben uns doch darauf geeinigt, daß du das nicht mehr tun würdest!«

Zum ersten Mal, seit ich ihn kennengelernt hatte, durchzuckte mich ein Gefühl der Feindseligkeit. Er sah so gut aus – und war so neurotisch. Seltsam, wie sich diese Beziehung entwickelt hatte: von einem Augenblick der Einsamkeit zu einem Augenblick des Erkennens zu einem Augenblick der Faszination zu einem Augenblick der Leidenschaft zu einem Augenblick der Intimität. Aber es waren immer nur Augenblicke gewesen, stets labil, prekär.

»Ich habe geglaubt«, sagte ich kokett, »ich sei die große Liebe deines Lebens, Sonny.«

»Das bist du.«

»Dann versuche dich entsprechend zu benehmen«, antwortete ich, wobei mir klar wurde, daß ich mich allmählich anhörte wie seine altjüngferliche Tante.

»Komm, setz dich, Sonny. Ich möchte dir etwas zeigen.«

Mißtrauisch ließ er sich neben mir nieder. Ich reichte ihm ein Blatt Papier.

»Was ist das?«

»Die Namen und Adressen von sieben Apotheken in Queens. Alle gehören Asiaten. Und in jeder hat Jack Pallisters Akupunktur-Arzt einen Handel abgewikkelt. Eine braune Papiertüte gegen einen weißen Umschlag.«

»Weißt du, was in der braunen Papiertüte war?« Jetzt begann mir Sonny zuzuhören.

»Nein. Aber ich kann mir denken, was in dem weißen Umschlag war.«

»Geld?«

»Geld.«

Sonny starrte auf das Blatt und stieß hörbar den Atem aus. »Ich kann es kaum glauben«, sagte er in einem ruhigen, nachdenklichen Tonfall, »die ganze Zeit habe ich versucht, Dan Wu zu fassen zu bekommen, und bin gegen eine Wand gelaufen ... und jetzt kommst du daher, spazierst sozusagen unbekümmert über eine Blumenwiese und folgst einfach einem seiner Lakaien, der dich zu einem Nadeldoktor führt, und – *wusch!* – beobachtest du sieben ganz offenkundige Transaktionen, bei denen es um irgendwelche unsauberen Geschäfte geht.«

»Ich fürchte, du wirst es glauben müssen, Sonny. Es ist passiert.«

Sonny sprang vom Bett auf. »Verdammt, Alice, du hast es geschafft! Gute Arbeit! Es gibt nur ein Problem. Uns fehlen die letzten zehn Cent, wenn du verstehst, was ich damit sagen will. Ich meine, wenn sie mit etwas Hartem handeln, wird aus diesen Apothekern nichts herauszubekommen sein. Wenn sie Mei nicht verpfeifen, wird er Pallister nicht verpfeifen. Und Pallister wird Wu nicht belasten.«

»Und es ist nicht leicht, für Rothwax zu arbeiten«, fügte ich hinzu.

»Genau. Ich habe einfach nicht genug in der Hand.«

»Ich glaube, ich weiß eine Lösung.«

Seine Augen weiteten sich. Er schien mittlerweile sehr dankbar für meine Hilfe zu sein, aber mehr als nur ein wenig skeptisch in bezug auf weitere Erste Hilfe à la Nestleton. Ich mußte behutsam und mit Zurückhaltung vorgehen.

»Ich dachte, vielleicht könnten wir Jack Pallister und Dr. Mei durch einen Trick dazu bringen, etwas zu sagen.«

»Wie soll das gehen?«

»Hast du schon mal von der Spedition Bushy und Pancho gehört – einem ganz außergewöhnlichen Transportunternehmen?«

»Nein«, sagte er lachend, »aber ich nehme an, da die Firma deinen Katzen gehört, arbeitet sie von deiner Wohnung aus.«

»Das ist richtig, Sonny. Also, angenommen, Jack Pallister bekommt einen Frachtbrief mit dem Briefkopf von Bushy und Pancho. Darin steht, daß man ein paar Kisten mit getrockneten Lebensmitteln aus Sumatra in Dan Wus Restaurant zustellen wollte.«

»Aber das Restaurant ist doch geschlossen«, warf Sonny ein.

»Eben. Wohin sollen die Kisten geliefert werden? Ich vermute, Pallister wird sie an Mei liefern lassen.«

»Ja. Wenn die Kisten die Schmuggelware enthalten ... wenn sie sie auf diese Art ins Land bringen – was immer es ist. Aber was dann?«

»Dann hilfst du der Sache mit einer der technischen Wunderwaffen der New Yorker Polizei nach.«

»Du meinst mit einer Wanze?«

»Ja. Mit einem Abhörgerät mitten unter den getrockneten Pilzen.«

Begeistert klatschte Sonny in die Hände, wie ein Kind. »Toll, Alice! Toll!«

»Und du brauchst gar nichts über Retro zu machen. Du brauchst Rothwax kein Wort zu sagen. Du kannst ein paar von den Kisten nehmen, die noch im Restaurant stehen. Und den gefälschten Frachtbrief kann man für fünfundzwanzig Dollar drucken lassen. Nur die Wanze könnte ein Problem darstellen.«

»Die ist überhaupt kein Problem«, sagte er scharf. »Hielte ich mich in jedem Fall genau an die Vorschriften, würde ich keinen einzigen lösen.«

Er sah mich eine ganze Weile bewundernd an. Natürlich hatte ich ihm nicht gesagt, daß wir beide auf verschiedene Dinge aus waren. Er wollte die Schmuggelware, die irgendwie mit Dan Wu und dem Mord im Restaurant zu tun hatte. Ich wollte in erster Linie Millie. Was er nicht weiß, macht ihn nicht heiß.

Sonny kam zu mir aufs Bett. Seine Augen funkelten. »Du bist wirklich eine beeindruckende Frau, Alice Nestleton.«

»Nun, Sonny«, sagte ich sanft und strich ihm über

das schwarze Haar, »bei uns älteren Frauen beschränken sich die Erfahrungen nicht nur aufs Bett.«

Wir mußten beide lachen.

## 16

Wie oft wir uns in den folgenden zweiundsiebzig Stunden, in denen wir die Falle zuschnappen ließen, erbittert gestritten haben? Ach, viele Male.

Nachdem Sonny aus dem geschlossenen Restaurant zwei Kisten mit getrockneten Lebensmitteln geholt und sie an einer Wand seiner Wohnung aufeinandergestapelt hatte, stritten wir darüber, ob zwei Kisten als Köder wirklich genug waren.

Nachdem Sonny den gefälschten Frachtbrief drukken lassen und an Pallister geschickt hatte, stritten wir über die Qualität der Druckerarbeit.

Nachdem Pallister meine Nummer angerufen, meine verstellte Stimme nicht erkannt und mir aufgetragen hatte, die Kisten an Dr. Mei zu liefern, stritten wir über den Akzent, mit dem ich gesprochen hatte.

Nachdem Sonny in den Kisten Wanzen versteckt hatte, stritten wir darüber, ob er es an der richtigen Stelle getan hatte.

Wir waren die reinsten Nervenbündel.

Es war, als gehörten Sonny und ich einer Theatertruppe an, die dem Publikum eine Inszenierung von großer Kraft und Schönheit vorsetzen will, und die einzige Möglichkeit, die Qualität dieses Stücks zu garantieren, bestünde darin, wie Hund' und Katz' miteinander zu streiten, bevor der Vorhang hochgeht. Ja, manchmal nehmen die Dinge wirklich eine unverhältnismäßig große Bedeutung an.

Auf jeden Fall stellte Sonny – nach seiner Vorstellung als LKW-Fahrer gekleidet – die Kisten an einem Dienstagnachmittag zu. Dann setzte er sich in sein ziviles Polizeifahrzeug gegenüber von Dr. Meis Haus und wartete.

Ich wartete in seiner Wohnung.

Stunden vergingen. Ich hörte mir ein paar von Sonnys Muddy-Waters-Platten an und suchte dann nach fernöstlicher Musik, die seinen eurasischen Hintergrund besser widerspiegeln würde. Ich fand keine, also hörte ich mir ein paar Sketche mit Richard Pryor an. Pryor ist sehr komisch, aber ich lachte nicht. Aus irgendeinem Grund kann ich über Sketche nur selten lachen.

Außerdem war ich nervös. Es gab Tausende Dinge, die schiefgehen konnten. Vielleicht tauchte Pallister aus irgendeinem Grund nicht bei Dr. Mei auf. Vielleicht funktionierte die »Wanze« nicht. Und das Schlimmste von allem: vielleicht stellte sich heraus, daß die ganze Aktion auf einem Hirngespinst beruhte – daß die Transaktionen in den asiatischen Apotheken, die ich beobachtet hatte, nur exotisch, aber nicht strafbar waren.

Ich schaltete den Plattenspieler ab und wartete in der stillen Wohnung.

Dann hatte ich plötzlich das Bedürfnis, für Sonny zu kochen, um ihm, wenn er heimkam, ein Abendessen vorsetzen zu können. Ach, der Reiz der Häuslichkeit! Ich stürzte zu seinem Kühlschrank und riß die Tür auf. Drinnen waren eine große Dose Ananassaft, eine verschrumpelte Tomate und drei Tafeln Schokolade. Die Textzeile »Komm, Liebster, und leb' mit mir« schoß mir durch den Kopf, und ich ging wieder zum Bett und legte mich hin.

Er kam zwanzig Minuten nach neun. Der Jäger war

zurück von der Pirsch. In seiner Trucker-Kluft wirkte er locker und ungezwungen.

Sein Lächeln reichte von einem Ohr zum anderen. Mit einer triumphierenden, schwungvollen Bewegung hielt er eine winzige Kassette hoch, nahm meine Hand und begann mit mir einen seltsamen Siegestanz – eine Art Stomp.

War es wirklich möglich, daß der Mann, der da so verrückt herumstampfte, ein hartgesottener Kriminalbeamter der New Yorker Polizei war und ich eine zynische Ex-Schauspielerin und nunmehrige Catsitterin?

Dann brach er mit glücklicher Miene den Tanz abrupt ab und führte einen Finger an die Lippen – ich sollte nichts sagen.

Ich hätte nicht im Traum daran gedacht zu reden.

Er legte die winzige Kassette in den Recorder auf dem Fußboden ein, ließ sie sorgfältig einrasten und wies mich dann mit einer Handbewegung an, ich solle mich auf den Boden legen und mein Ohr an den Lautsprecher halten. Wir taten es beide.

Es knisterte und holperte und war sehr leise. Aber es war hörbar. Ich konnte sie sprechen hören. Nach dreimaligem Anhören wußten wir, was sie gesagt hatten.

MEI: Das war sehr unklug ... sie hierherzuschicken.
PALLISTER: Sie haben leicht reden. Ich hatte keine Wahl. Ich konnte nicht das Risiko eingehen, daß sie irgendwo im Umlauf sind.
MEI: Warum diese Eile? Wir haben doch gar keine mehr erwartet.
PALLISTER: Sie werden senil, alter Freund. Wissen Sie nicht mehr, daß bei der letzten Lieferung ein paar Kisten gefehlt haben?

MEI: Und das sind diese Kisten?
PALLISTER: Woher zum Teufel soll ich das wissen? Vielleicht. Vielleicht auch nicht. Manchmal gehen Dinge verloren. Und tauchen wieder auf. Was hatten wir zu verlieren? Ich habe unsere Spuren verwischt.

Als er das sagte, drückte ich Sonnys Arm – das mit dem Spurenverwischen konnte sich nur darauf beziehen, daß mich Pallister in die Ferse geschossen hatte. Wovon hätte er sonst reden können?

Dann hörte man, wie die Kisten geöffnet wurden, und gleich darauf bruchstückhafte Flüche. Dann:

PALLISTER: Verdammt, nichts!
MEI: Ihre Gier hat Sie in eine Packratte verwandelt.
PALLISTER: Wen beschimpfen Sie da, Sie gottverdammter Heuchler? Wären das die verlorenen Kisten gewesen, dann hätten Sie auf Ihrem Akupunkturtisch getanzt. Es geht um eine Menge Geld.
MEI: Es wird noch mehr geben.
PALLISTER: Wissen Sie, Sie werden mir langsam sehr unsympathisch.
MEI: Gut. Dann werden Sie vielleicht nie wieder eine dieser Kisten in mein Haus schicken lassen.

Die Aufnahme war zu Ende. Ich setzte mich auf. Wie oft bekommt man schon einen Einakter mit einer so brillanten Lösung zu hören? Sonny grinste wie die Cheshire-Katze aus »Alice im Wunderland«.

»Das reicht für einen Durchsuchungsbefehl! O, ja! Das reicht, damit wir nachsehen können, was der clevere Dr. Mei in seiner Speisekammer versteckt!«

Ich war glücklich, weil Sonny glücklich war. Aber

wo war Millie? Die arme, verschwundene Millie hatten sie nicht erwähnt. Die Schießerei im Restaurant hatten sie nicht erwähnt.

Sonny lag jetzt dicht neben mir auf dem Boden und drückte sein Gesicht an meinen Hals. Er flüsterte: »Und ich lade dich gegen alle existierenden Vorschriften der New Yorker Polizei in aller Form ein, bei der Durchsuchung des Hauses von Dr. Mei dabeizusein.« Er küßte mich. Dann fügte er hinzu: »Keine besonderen Kleidungsvorschriften.«

## 17

An einem nebeligen Morgen traten Sonny Hoving, drei weitere Kriminalbeamte der New Yorker Polizei, die Retro zugeteilt waren, und ich um 7.20 Uhr an die Eingangstür von Dr. Meis Haus.

Ich war ihnen als eine Frau vorgestellt worden, die irgendwie mit dem Staatsanwaltbüro zu tun hatte und das Vorgehen bei Hausdurchsuchungen überwachen sollte. Sie begrüßten mich und ignorierten mich dann.

Sonny war ganz der betont amtliche Polizist – er zeigte dem verschlafenen Dr. Mei, der nach zweiminütigem Läuten im Schlafrock die Tür geöffnet hatte, demonstrativ sein Abzeichen und hielt ihm dann den Hausdurchsuchungsbefehl hin wie ein langersehntes Geschenk.

Als Dr. Mei mich sah, schien er aus seiner Benommenheit aufzuwachen. Er kannte mich ganz eindeutig von irgendwo, aber er wußte nicht, von wo. Er starrte mich die ganze Zeit an, während wir höflich ins Haus drängten.

Dann sah ich, wie die Augen des guten Doktors aufflackerten – das konnte nur Angst sein. Als hätte er plötzlich irgendwie die große fremde Frau mit Pallister und den Kisten in Zusammenhang gebracht – und mit einem Akupunkturtermin, der nicht eingehalten worden war.

Sobald wir im Haus waren, sprachen die Kriminalbeamten kein Wort mehr. Es war ein kleines Zweifamilienhaus, und sie schienen genau zu wissen, was sie zu tun und wohin sie zu gehen hatten. Ich fragte mich, ob es irgendwo eine Schule gibt, wo Polizeibeamte lernen, wie man ein Haus gründlich und rasch durchsucht. Wenn ja, dann hatten diese Polizisten sie gewiß Magna cum laude abgeschlossen. Sie schauten auf und unter alles und in alles hinein. Sie tasteten mit den Händen Wände, Simse und Teppiche ab. Alles geschah mit einem Minimum an Geräuschen, und es wurde kaum etwas von seinem Platz gerückt.

Sie klopften jedes freiliegende Rohr mit Kugelschreibern ab.

Doch obwohl sie mit einer Art manischer Energie zu suchen schienen, gingen sie recht sanft mit Dingen um, die für Dr. Mei von persönlichem oder materiellem Wert sein konnten. Es war eine sehr beeindruckende Darbietung, und ich war wirklich fasziniert davon.

Sonny blieb mit Dr. Mei im Wartezimmer. Ich huschte umher und kehrte immer wieder zurück, um Sonny Gesellschaft zu leisten. Ab und zu sprach Sonny Dr. Mei chinesisch an, doch er erhielt keine Antwort.

Einer der Kriminalbeamten steckte den Kopf zur Tür herein und gab durch eine Geste zu verstehen, daß er bis jetzt noch nichts gefunden hatte. Sonny gab ihm ein Zeichen, daß er bei Mei bleiben und mir, daß ich mit ihm mitkommen solle.

Wir gingen hinunter in den Keller. Es war einer jener nicht weiter ausgebauten Keller ohne irgendwelche Möbelstücke oder sonstigen Gegenstände außer dem makellos sauberen Ölheizkessel.

»Das sieht ja aus wie ein kleiner Tanzsaal«, sagte ich, als ich den auf Hochglanz polierten Linoleumfußboden sah.

»Oder ein Tai-Chi-Studio«, meinte Sonny.

Er ging aufmerksam um den Kellerraum herum. Die einzigen Stellen, wo etwas versteckt sein konnte, waren die freiliegenden Deckenbalken. Er fuhr mit der Hand alle Balken entlang – nichts.

»Es riecht sauber hier unten, nicht wahr?« bemerkte er.

Ich pflichtete ihm bei. Sehr sauber. Aber Dr. Mei war ja ein Arzt – da war Sauberkeit zu erwarten.

Dann sagte ich: »Es ist wirklich ein Jammer, daß wir nicht wissen, wonach wir suchen.«

»Wir wissen, wonach wir suchen, Alice.«

»Und zwar?«

»Etwas, das illegal, leicht zu tragen und leicht in Geld zu verwandeln ist.«

Ich muß sehr verliebt in Sonny gewesen sein, denn nachdem er diese ziemlich platte Bemerkung gemacht hatte, erfaßte mich eine Woge von Stolz auf ihn. Ich wollte der ganzen Welt zeigen, wie klug mein platonischer Liebhaber war.

»Schauen wir mal in der Garage nach«, schlug Sonny vor.

Der Keller war durch eine Tür mit der Garage verbunden, die kaum mehr als eine betonierte quadratische Fläche mit einem Metalltor zur Straße hin war.

An den Wänden standen drei lange Werkbänke mit

zusammenklappbaren Aluminiumbeinen, auf denen willkürlich die verschiedensten Geräte, Werkzeuge und Schläuche herumlagen.

In einer Ecke der Garage standen zwei Fahrräder.

Das war alles.

»Ich frage mich, warum Dr. Mei sein Auto auf der Straße parkt und nicht hier«, grübelte Sonny.

»Vielleicht macht er nicht gern dieses häßliche Tor auf und zu.«

Sonny nickte und sah sich sorgfältig die Gegenstände auf den Werkbänken an. Dann kontrollierte er die Beine und den Unterbau.

»Nichts«, sagte er zu mir, richtete sich auf und trat einen Schritt zurück. Auf seinem Gesicht lag ein grimmiges Lächeln.

Dann fiel sein Blick auf die Fahrräder.

»Schöne Fahrräder«, sagte er bewundernd, aber widerwillig, als könnten Leute, die mit Dan Wu zu tun hatten, nie im Leben etwas Schönes und Funktionelles aussuchen.

Ich sah mir die Fahrräder einen Augenblick an und kam zu dem Schluß, daß sie tatsächlich sehr schön waren. Es waren diese neuen Mountainbikes; sie wirkten auf den ersten Blick klobig mit ihren breiten Rädern und dem groben Profil, doch auf den zweiten Blick waren sie erstaunlich schön. Sie mußten schrecklich teuer gewesen sein. Am Rahmen prangte der Name FUJI, und ich hatte irgendwo gehört, daß Fuji-Räder immer teuer sind.

Sonny umkreiste die Fahrräder.

»Wir Asiaten lieben unsere Fahrräder sehr«, sagte er; ich wußte nicht, ob er das ernst meinte, oder ob er scherzte.

Dann ging er in die Hocke, bis er ohne sichtbare Stütze mühelos das perfekte Gleichgewicht hielt.

So hockte er da und starrte die Fahrräder an, genau wie die chinesischen Küchenhilfen, die vor ihrem Lokal Pause machen und sich dabei unterhalten oder essen. Das war einer dieser Augenblicke der Wahrheit. Zum ersten Mal wurde mir klar, daß Sonny in einem Teil seines Wesens tatsächlich ein echter Chinese war. Und ich liebte ihn deshalb noch mehr.

»Wußtest du, Alice, daß die Vietnamesen die französische Armee in Dienbienphu ohne Fahrräder niemals geschlagen hätten?«

»Nein, das wußte ich nicht, Sonny.«

»Die Franzosen dachten, die Vietnamesen könnten keine Artillerie und Munition über die Berge transportieren und ihren Stützpunkt nicht bedrohen. Aber sie konnten es, und sie taten es. Auf Fahrrädern. Erstaunlich, nicht wahr? Sie verstärkten die Rahmen, und jeder Radfahrer packte sich etwa vierhundert Pfund auf das Rad und fuhr damit über die steilen Bergpfade.« Er stand auf. »Erstaunlich«, wiederholte er. Dann wechselte er abrupt das Thema.

»Was glaubst du, wie alt Dr. Mei ist?«

»Mir kommt er vor wie mindestens siebzig.«

»Da gebe ich dir recht. Mindestens siebzig, vielleicht auch fünfundsiebzig. Das ist aber seltsam, nicht wahr?«

»Du meinst, es ist seltsam, daß ein Mann dieses Alters radfährt? Nein, das finde ich nicht. Viele Senioren fahren jetzt mit dem Fahrrad.«

»Das meine ich nicht. Ich meine, es ist seltsam, daß er *Fuji*-Räder kauft.«

»Was ist daran so seltsam? Ich dachte, die sind die besten.«

»Sind sie auch. Aber die meisten Chinesen ab einem bestimmten Alter haben eine tiefsitzende und bleibende Abneigung gegen die Japaner, wegen der Greuel, die sie während der Besetzung Chinas vor und während des Zweiten Weltkriegs begangen haben. Sie kaufen im allgemeinen keine japanischen Sachen. So wie viele ältere Juden keine deutschen Produkte kaufen.«

Er sah die Fahrräder unverwandt an. Ich wußte nicht, was ich auf seine Bemerkung antworten sollte, also schwieg ich.

Dann schritt er rasch und brutal zur Tat. Ich zuckte unwillkürlich zusammen. Er nahm von der Werkbank eine kleine Säge, ging zu einem der Fahrräder und schnitt einen der Reifen der wunderschönen Fuji-Räder durch – den Vorderreifen.

Heraus fiel eine kleine Papiertüte.

»Das ist es!« rief ich. »Das ist die gleiche Art Tüte, die Dr. Mei den Apothekern gegeben hat!«

Sonny drückte den Reifen zusammen. Weitere kleine mit Gummiringen verschlossene Papiertüten fielen heraus.

Sonny hob eine Tüte auf und versuchte aufgeregt, das fest herumgeschlungene Gummiband zu entfernen; dann riß er die Tüte einfach auf.

Aus der aufgerissenen Tüte rieselte ein häßliches graues Pulver auf den Garagenfußboden.

Wir beide starrten darauf hinunter. Ein komischer, fast muffiger Geruch umfing uns.

Sonny beugte sich hinunter, hob etwas von dem Pulver auf und rieb es zwischen den Fingern. Ein erstaunter Ausdruck breitete sich auf seinem Gesicht aus.

»Was du hier siehst, kostet fünfhundert Dollar pro Unze«, sagte er leise, beinahe ehrfürchtig.

Ich starrte ungläubig auf das unangenehm riechende Pulver. Wie konnte so etwas fünfhundert Dollar pro Unze wert sein? Es war kein Gold. Es war kein Kokain. Es war kein Heroin.

»Was ist das, Sonny?«

»Zermahlenes Rhinozeroshorn. Alte asiatische Männer würden dafür einen Mord begehen. Sie glauben, es hilft gegen Impotenz. Sie glauben, es ist ein sexueller Jungbrunnen – verschafft ihnen endlose Erektionen. Aber in Wirklichkeit bewirkt es gar nichts, es kostet sie nur ihr ganzes Geld.«

Er wischte sich das kostbare Pulver von den Fingern.

»Und es ist illegal. Es ist verboten, dieses Pulver zu verschicken, zu exportieren, zu verkaufen oder auch nur zu besitzen, weil man es nur bekommt, wenn man illegal Rhinozerosse tötet, die eine geschützte Tierart sind.«

Er begann auf- und abzugehen und dabei aufgeregt zu sprechen.

»Jetzt wird alles klar! Dieser Lapidus, der Verbrecher auf dem Foto mit Wu, hat den Kontakt hergestellt zwischen Wu und seinen Leuten und den Wilderern auf Sumatra, die die Rhinozerosse jagen. Das Horn wurde in Sumatra zermahlen und in Kisten mit getrockneten Pilzen und Ingwerwurzeln an Dan Wus Restaurant in New York geschickt. Dann wurde es von Mei und Pallister verpackt und in New York und wahrscheinlich auch noch anderswo weiterverkauft. Und die Schießerei im Restaurant war offenbar eine Aufforderung der etablierten Hongkonger Familien an Wu, aus diesem lukrativen Geschäft auszusteigen – das traditionell ihres ist.«

Sonny ging zurück zu dem Häufchen Pulver und

spuckte verbittert hinein. Seine Verachtung und sein Haß machten mir beinahe angst. »Jetzt kriege ich diesen Schweinehund endlich. Nicht wahr?«

Er sprach von Dan Wu. Aber ich dachte an Millie. Wer würde *sie* kriegen?

## 18

Jetzt erschien mir Dan Wu wesentlich jünger als damals, als ich ihn kurz im Waldorf gesehen hatte. Er war natürlich noch immer weißhaarig und elegant, aber sobald man ihn näher ansah, merkte man, daß er zwanzig Jahre jünger sein mußte, als er auf den ersten Blick wirkte. Das machte ihn noch eindrucksvoller.

Er saß hinter einem riesigen, pilzförmigen Schreibtisch aus Holz. Die Tischplatte war so dünn, daß man glaubte, daran eine Orange schälen zu können. Auf dem Tisch lagen nur zwei Dinge: ein schneeweißer Notizblock und ein perfekt gespitzter Bleistift. Ich hatte wirklich das Gefühl, am Hof eines großen Kochkünstlers zu sein.

An der Wand hinter ihm hing ein komisches vergrößertes Foto von Dan Wu, wie er gerade während einer seiner Fernsehsendungen einen Wok fallenläßt. Der Wok ist ihm aus der Hand gerutscht und spiralförmig nach oben geschossen, wobei die Zutaten in alle Richtungen davonfliegen. Dan Wu starrt dem entglittenen Wok mit total verwirrter Miene nach. Ein herrliches Foto.

Das Zimmer selbst war sehr groß und nur einer von vielen frisch renovierten, weiß ausgemalten Räumen, die das schäbige Äußere des Gebäudes in der West 23rd

Street, in dem Dan Wu Enterprises untergebracht war, Lügen straften.

Dan Wu begrüßte Sonny und mich herzlich, als wären wir alte Freunde. Ein Untergebener hatte uns in winzigen Emailbechern Birnensaft serviert. Er lächelte uns liebevoll an. Er trug ein schönes dunkelgrünes Polohemd und einen Blazer von hellerem Grün mit matten Silberknöpfen, aus dessen Brusttasche ganz dezent ein Taschentuch in noch hellerem Grün lugte. Alles an dem Mann war makellos.

Sonny hingegen machte allein die Anwesenheit von Dan Wu wütend. Sein Körper schien wie eine Spiralfeder unter Spannung zu stehen. Als er den Birnensaft trank, hatte ich Angst, er würde das Email durchbeißen.

Wu strahlte mich an. »Seit Sie mein Partner, Jack Pallister, im Waldorf getroffen hat, redet er ständig von Ihnen.«

Ich wollte schon antworten: »Sie meinen, er hat Ihnen gesagt, wie gerne er Schauspielerinnen in die Ferse schießt?« Aber ich sagte nichts.

Wu fuhr fort: »Was hat er gleich gesagt? Ach ja – er sagte immer wieder, die echten Kenner wissen, wie begabt Sie sind.«

»Als Catsitterin?« fragte ich kokett.

Er lachte. »Ich bin sicher, Sie haben viele außergewöhnliche Talente, Miss Nestleton. Aber ich glaube, Jack hat das Theater gemeint.«

Seine Stimme war wohlmoduliert und weich. Ich hätte jederzeit gerne dafür gezahlt, eine solche Stimme vortragen zu hören, und sei es nur den Text eines Strafzettels.

Dann wandte sich der weltberühmte Küchenchef an Sonny: »Sagen Sie«, fragte er, »hat Ihnen das diesjährige Dinner der Jade-Gesellschaft gefallen?«

»Hören wir doch auf mit diesem Blödsinn!« blaffte Sonny und beugte sich auf seinem Stuhl vor. »Sie wissen, warum wir hier sind. Weil Ihre beiden Partner – Pallister und Mei – verhaftet worden sind. Sie haben mit Schmuggelware gehandelt – mit Rhinozeroshorn. Sie haben es ins Land geschmuggelt und hier verkauft. Und die ganze verdammte Scheiße führt geradewegs zu Ihnen und Ihrem Restaurant.«

Dan Wu lächelte Sonny an, als wäre er ein Kind. »Ich kenne niemanden namens Mei«, sagte er.

Sonny grinste böse. Er wartete. Sein Blick bohrte sich in den von Wu. Wu erwiderte diesen Blick so lange, daß es wie eine Ewigkeit schien. Dann seufzte er und lehnte sich in seinem Stuhl zurück. Er seufzte noch einmal, diesmal sehr tief.

»Also gut«, sagte er. »Ich werde Ihnen sagen, was ich weiß.«

Er verstummte, spielte mit dem Bleistift, klopfte mit dem Bleistiftende auf den Notizblock. Dann fuhr er fort:

»Vor etwa einem Jahr habe ich entdeckt, was Jack tat. Ich war schockiert und entsetzt. Ich versuchte ihn davon abzubringen, aber er ist ein sehr eigensinniger Mann. Schließlich traf ich mich heimlich mit diesem Lapidus und bot ihm, um ehrlich zu sein, Geld an, wenn er diesen Kontakt mit Jack abbräche. Lapidus weigerte sich. Bevor ich noch einmal mit ihm sprechen konnte, wurde er ermordet. Ich hörte nicht auf zu schimpfen, bis mir Jack schwor, daß er damit Schluß gemacht habe. Aber ich glaubte ihm nicht wirklich. Es spielte keine Rolle. Ich konnte nichts tun. Also tat ich nichts.«

Sonny schüttelte angewidert den Kopf. »Sie bilden sich doch nicht ein, daß ich Ihnen dieses Märchen abkaufe.«

Dan Wu antwortete: »Ich sage Ihnen die Wahrheit.«

Sonny fauchte zurück: »Sie sind ein Lügner! Sie haben das Zeug ins Land gebracht! Sie haben es verkauft! Sie haben den Profit eingestrichen!«

»Ich habe Ihnen die Wahrheit gesagt.«

Sonny stand auf, packte mich an der Hand und zog mich ebenfalls hoch.

»Hören Sie mir gut zu, Mr. Wu. Einer Ihrer Partner wird singen. Früher oder später. Und dann werden Sie in Atlanta kochen oder in einem anderen staatlichen Country Club, in den man Sie schicken wird. Und eine Menge Leute werden sehr froh darüber sein.«

Sonny ließ meine Hand nicht los, als wir durch den Gang zum Aufzug gingen. »Hält er mich für einen Idioten? Hat er wirklich gedacht, daß ich ihm diese Geschichte glaube?«

Am Aufzug wurde ich von Panik erfaßt. Mir wurde klar, wenn ich jetzt nicht mit Dan Wu über Millie sprach, würde ich vielleicht nie wieder die Gelegenheit dazu haben. Aber das konnte ich Sonny nicht sagen, also log ich ihn an.

»Meine Handtasche, Sonny! Ich habe meine Handtasche in Dan Wus Büro vergessen.« Ich schüttelte seine Hand ab und lief den Gang zurück. »Halt den Aufzug für mich auf. Ich bin gleich wieder da.«

Dan Wu blickte flüchtig auf, als ich wieder in sein Büro trat.

»Ich muß Sie nach Millie fragen. Ich möchte wissen, was mit ihr passiert ist«, stieß ich hervor.

»Wer ist Millie?« fragte er ruhig.

»Eine Katze. Ihre Küchenkatze. Die Katze in Ihrem Restaurant in Tribeca.«

Er starrte mich volle dreißig Sekunden an, ohne zu

antworten. Es war ein äußerst merkwürdiger Blick. Ich wurde daraus nicht schlau, aber er war mir unangenehm.

Dann fragte er: »Sie haben in meinem Restaurant eine Katze gesehen?«

Nahm er mich auf den Arm? Was war hier los?

»Natürlich habe ich eine Katze gesehen. Eine große rote Tigerkatze. Sie lag auf einem der hohen Regale in der Küche.«

»Hat die Katze den Mond angeschaut?« fragte er.

»Nein. Die Katze hat auf die Gäste hinuntergeschaut.«

Wieder entstand ein langes Schweigen. Das Gespräch war irreal. War das sein Ernst mit der Katze, die den Mond anschaut?

Dann sagte er: »Vielleicht war das, was Sie gesehen haben, ein Drache.«

»Ein was?«

»Ein Drache. Vielleicht haben Sie einen Drachen gesehen.«

»Bitte, ich habe keine Zeit für Spielchen. Die Katze ... Ihre Küchenkatze ... ist am Abend der Schießerei verschwunden. Was ist mit ihr geschehen? Geht es ihr gut?«

»Ich weiß nichts von einer Katze«, sagte er ruhig.

»Wollen Sie mir sagen, daß am Abend der Schießerei keine Katze in diesem Restaurant war? Wollen Sie mir sagen, daß ich keine rote Katze gesehen habe?«

»Ich weiß nichts von einer Katze.«

Zum ersten Mal beschlich mich eine Ahnung, warum Sonny diesen Mann haßte. Er war entweder ein Verbrecher oder ein pathologischer Lügner, oder er drückte sich einfach zu kryptisch aus, als daß man ihm etwas glauben konnte.

Wütend drehte ich mich um und begann zum Aufzug zurückzugehen.

»Miss Nestleton!« rief er.

Ich blieb stehen, wandte mich aber nicht zu ihm um.

»Sie scheinen von einem Ort zum anderen zu jagen, Miss Nestleton. Sie scheinen ständig hinter Katzen und Menschen herzusein. Warum verlangsamen Sie Ihr Tempo nicht?«

In seiner Stimme lag aufrichtige Sorge. Um mich. Ich drehte mich um und starrte ihn an. Was für ein seltsamer Mann!

»Wissen Sie denn nicht, Miss Nestleton, daß man alles auf Erden und im Himmel verstehen kann, ohne einen Schritt aus dem Haus zu gehen?«

»Im Augenblick, Mr. Wu, interessiert mich nur Millie, Ihre Küchenkatze.«

»Ja, das haben Sie gesagt«, antwortete er. Er blickte mich durchdringend an. Einen Augenblick lang entdeckte ich in seinen Augen etwas – ein Gefühl der Reue oder der Scham, das er mir wortlos zu übermitteln versuchte.

»Auf Wiedersehen, Mr. Wu«, sagte ich förmlich.

»Auf Wiedersehen, Miss Nestleton. Sie sind hier stets willkommen.«

Ich ging rasch zurück zum Aufzug, wo Sonny ungeduldig wartete, den Fuß gegen den unteren Teil der Aufzugstür gestemmt, um sie offen zu halten.

»Nun, hast du sie gefunden?«

»Was gefunden?«

»Deine Handtasche.«

»Ach . . . Nein. Nein. Ich habe sie wohl gar nicht dabeigehabt.«

# 19

Es läutete an der Tür. Unaufhörlich. Wild. Es hämmerte und blökte und wirbelte. Ganze Lieder. Liederfetzen. Ein ganzes Orchester.

Stand denn da unten ein Verrückter?

Selbst Bushy, der die Türglocke normalerweise ignoriert, schien sie zu bemerken. Er setzte sich auf und warf mir diese kurzen, intelligenten Blicke zu, die zu sagen schienen: Nun mach doch was!

Es war erst zwanzig nach acht in der Früh. Ich erwartete keine Lieferungen, also dachte ich nach – mühsam, noch immer etwas benommen, wie ich es morgens stets bin. Entweder war es ein Verrückter aus irgendeiner Kneipe in der Gegend ... oder – Gott bewahre – Tony Basillio, der mir einen überraschenden Besuch abstattete, um sich mit mir über meine Untreue zu unterhalten ... oder Sonny.

Ich vermutete, es war Sonny. Ich hatte recht. Er rannte die Treppe herauf und riß mich in dem Augenblick, als er durch die Tür trat, in seine Arme – wie auf dem alten Plakat von *Vom Winde verweht*. Mein Gott, er war glücklich und total wild und redete fast unverständlich.

»Rache ist süß, nicht wahr? Süßer als Wein!«

Endlich beruhigte er sich und setzte sich aufs Sofa.

»Mei hat geredet«, erklärte Sonny. »Und obwohl er uns Wu noch nicht ans Messer geliefert hat, hat er uns eine Menge erzählt. Im Ausland hat Interpol den ganzen Schmuggelring aufgerollt – die Wilderer, die Hersteller, die Transporteure, alle.«

»Das ist ja wunderbar, Sonny.« Es war für ihn und die New Yorker Polizei offenbar eine produktive Woche gewesen.

»Aber den Kopf der Schlange haben wir noch nicht. Wu haben wir noch nicht. Doch wir werden ihn kriegen ... ich brauche irgendeinen Saft, Alice. Hast du Apfelsaft?«

Ich brachte ihm ein Glas Apfel-Moosbeeren-Saft. Er trank ihn gierig und verschluckte sich fast dabei. Ich nahm ihm das Glas aus der Hand.

»Und all diese Clowns bei Retro, die immer gesagt haben, ich sei nur bei der Kriminalpolizei eingestellt worden, weil ich chinesisch spreche ... die immer gesagt haben, ich setze mich nicht voll ein ... die leisten jetzt alle Abbitte. Öffentlich. Diese Geschichte wächst sich zum größten Fall aus, den Retro seit Jahren gelöst hat. Und es ist mein Fall!«

Ich wußte nicht, was ich sagen sollte. Ich freute mich über Sonnys Erfolg, aber ich war verwirrt. Er schien mir für meinen Beitrag absolut keine Anerkennung zu zollen, nicht einmal in seinem Innersten. In bezug auf eine Schießerei im Restaurant, den Mord an einer Serviererin und das Verschwinden einer schönen roten Tigerkatze schien das pulverisierte Rhinozeroshorn für fünfhundert Dollar pro Unze Gedächtnisverlust zu bewirken.

Er schloß die Augen und breitete die Arme auf der Sofalehne aus. Er schwieg und sammelte seine Kräfte.

In diesem Augenblick sauste Pancho ins Zimmer, und schlug aus irgendeinem Grund nach einem von Sonnys Schuhen, verfehlte ihn und flitzte auf das Fensterbrett hinauf.

Bushy sah kommentarlos zu. Eine Welle unglaublicher Zärtlichkeit für alle meine drei Katzengeschöpfe erfaßte mich.

Dann schlug Sonny die Augen auf. »Das Beste kommt noch, Alice«, sagte er und lachte wieder. »Retro hat heute abend um sechs Uhr im Gramercy Park Hotel eine Suite gemietet. Es gibt Champagner und ein kleines Buffet. Und sie feiern *mich*, Alice! Eine Siegesfeier für keinen geringeren als Emerson ›Sonny‹ Hoving, den neuen Star der New Yorker Polizei. Und Sie, Madam, sind einer der Ehrengäste.«

»Du verdienst eine Siegesfeier«, sagte ich.

»Soviel steht fest«, pflichtete er mir bei.

Ich fragte mich, wieviel Rothwax, mein alter Freund bei Retro, über meine Beteiligung an dem Fall und über mein Verhältnis zu Sonny wußte.

»Aber jetzt muß ich dich um einen Gefallen bitten, Alice«, sagte Sonny.

»Klar.«

Er hielt eine kleine Tasche hoch, die ich nicht einmal bemerkt hatte, als er in meine Wohnung gekommen war. Es war die Art Tasche, mit der alte Männer ins Fitness-Studio gehen.

»Nancy Hans Sachen sind freigegeben worden. In erster Linie die Kleider, die sie an jenem Abend trug, und ein paar Kleinigkeiten, die in ihrem Spind im Restaurant waren.« Er zog den Reißverschluß auf und zeigte mir die Sachen. Es war sehr traurig.

»Ich habe Mrs. Han angerufen. Sie wohnt in dieser Gold-Street-Anlage, kurz bevor man zum South Street Seaport kommt. Sie kommt heute nachmittag um halb fünf von der Arbeit heim. Ich dachte, vielleicht kannst du mir einen Gefallen tun und ihr die Sachen bringen und dann gleich zu der Feier ins Gramercy Park Hotel kommen. Ich muß eine Menge Dinge erledigen, Alice. Ich habe einfach keine Zeit, die Sachen abzuliefern.« Er zog den Reißverschluß wieder zu, klopfte auf die Tasche und wartete auf meine Antwort.

Brachte es Sonny bloß nicht übers Herz, die Tasche abzuliefern ... war es einfach zu viel für ihn, einer Mutter die Arbeitskleidung ihrer toten Tochter zu bringen? Wie auch immer, ich erklärte mich dazu bereit. Was für eine Rolle spielte es, warum er es nicht tat?

Sonny plapperte weiter über Retro und die Feier, über Rothwax, über das pulverisierte Rhinozeroshorn und lief dann genauso schnell hinaus, wie er hereingelaufen war. Die kleine Tasche ließ er auf dem Fußboden stehen.

Um zwanzig vor fünf stand ich vor Mrs. Hans Wohnungstür. Ich hatte mich bereits für Sonnys Feier umgezogen. Ich hielt die Tasche vorsichtig in der Hand, als sei eine Bombe drin. Die Wohnung befand sich in einer jener tadellos instandgehaltenen Mittelklasse-Anlagen, die in den fünfziger und sechziger Jahren gebaut wurden.

Mrs. Han kam nach dem ersten Läuten an die Tür. Offensichtlich erwartete sie die Tasche, und ebenso offensichtlich war sie gerade erst von der Arbeit nach Hause gekommen. Ich blickte an ihr vorbei und sah auf einem Tisch die eben heraufgebrachte, aber noch ungeöffnete Post liegen.

Mrs. Han, die ihrer ermordeten Tochter erschreckend ähnlich sah, fragte mich nicht, ob ich Polizistin sei. Sie bat mich sehr höflich, einzutreten, und führte mich zu einem Stuhl mit hoher Lehne. Ich setzte mich. Sie setzte sich mir gegenüber auf einen Stuhl, der genauso aussah wie meiner. Sie war sehr gut angezogen.

»Das sind also die Kleider, die Nancy trug, als sie ermordet wurde«, sagte Mrs. Han leise. Ich wußte nicht, ob das eine Frage oder eine Feststellung war.

Ich nickte, öffnete die Tasche und stellte sie vor Mrs. Han auf den Fußboden. Sie starrte sie an und schien sich den Inhalt ansehen zu wollen ... als sich plötzlich ein Ausdruck von so intensivem Schmerz auf ihr Gesicht malte, daß ich dachte, sie würde zusammenbrechen. Ich wollte aufstehen und zu der armen Frau hingehen, aber sie stoppte mich mit einer Handbewegung und bemühte sich, die Kontrolle über ihre Gefühle wiederzuerlangen.

»Ich ... mache gerade ... Tee«, sagte sie stockend. »Darf ich Ihnen auch welchen bringen?« Ich nickte. Mrs. Han ging aus dem Zimmer und kam ein paar Minuten später mit zwei Tassen zurück. Der Tee war stark und sehr heiß. Ich hielt die Tasse in beiden Händen.

»Es ist sehr schwer zu glauben, daß meine Tochter wirklich tot ist«, sagte Mrs. Han fast flüsternd. »Ich stelle noch immer jeden Tag den Wecker für sie, damit sie rechtzeitig aufsteht und nicht zu spät zum Unterricht kommt.«

Dann setzte sie ihre Teetasse auf einem Tisch neben sich ab, beugte sich hinunter und hob die kleine Tasche auf ihren Schoß.

In diesem Augenblick schlenderte eine Katze herein und spazierte zwischen unseren Stühlen hindurch.

Mrs. Han ignorierte die Katze. Mir stockte der Atem.

Es war eine große rote Tigerkatze, und sie legte sich unbekümmert eineinhalb Meter von Mrs. Hans Stuhl entfernt hin.

Träumte ich? Schnappte ich jetzt über?

Die Katze, die soeben hereingeschlendert war, war *Millie*!

Während Mrs. Han die Sachen ihrer Tochter durchsah, starrte ich die ganze Zeit die Katze an. Es *war* Millie! Es war ohne jeden Zweifel die Küchenkatze aus Dan Wus Restaurant! Freude erfüllte mich. Sie war wohlauf und in Sicherheit! Dann erfaßte mich Verwirrung. Wie in aller Welt kam Millie in Mrs. Hans Wohnung?

Mit Mühe verbannte ich die wachsende Aufregung aus meiner Stimme und fragte Mrs. Han ruhig: »Haben Sie diese Katze schon lange?«

Mrs. Han sah zuerst mich an und dann die Katze. Sie lächelte. »Ach, noch gar nicht lange. Eine schöne Katze, nicht wahr? Das ist eine sehr merkwürdige Geschichte. Etwa drei Tage, nachdem Nancy ermordet wurde, kam ein alter Mann, gestützt von einem jungen Mann, an meine Tür. Sie waren beide Chinesen. Der alte Mann drückte mir sein Beileid aus und gab mir die Katze. Er sagte, sie würde mir über diese traurige Zeit hinweghelfen. Ich kannte die beiden nicht. Ich war so erstaunt, daß ich nicht einmal antworten konnte. Sie sind gleich wieder gegangen ...« Sie verstummte und starrte Millie an. »Aber der alte Mann hatte recht. Sie ist wirklich ein großer Trost für mich.«

Kopfschüttelnd meinte sie: »Es war alles so seltsam. Es ging alles so schnell.«

»Hat Ihnen der alte Mann seinen Namen genannt?«

»Ja, aber ich kann mich nicht mehr daran erinnern.«

»Fällt Ihnen sonst noch irgend etwas über die beiden ein? Es ist wichtig, daß Sie sich erinnern, Mrs. Han. Vielleicht hilft es uns, herauszubekommen, wer Ihre Tochter ermordet hat.«

Mrs. Hans Augen weiteten sich, sie wirkte schockiert und verwirrt; zweifellos dachte sie, daß der freundliche alte Mann, der sie besucht hatte, unmöglich etwas mit dem Tod ihrer Tochter zu tun haben konnte. Sie zog den Reißverschluß der kleinen Tasche zu. »Ich weiß noch, daß ich aus dem Fenster schaute, als sie gingen. Ich sah, daß die beiden in einen sehr alten Pick-up stiegen. Er war grün. Auf der Seitenwand war eine Aufschrift ... »Good Taste Farm« oder so ähnlich. Ich erinnere mich, daß hinter dem Namen die Buchstaben N. J. standen, wahrscheinlich für New Jersey. Und auch der Name eines Dorfes oder einer Stadt. So ähnlich wie Deedsboro oder Swaleboro.«

Jetzt schmiegte sich Millie an Mrs. Hans Bein, worauf Mrs. Han die Katze sanft zwischen den Ohren kraulte.

»In letzter Zeit fällt es mir schwer, mich an Dinge zu erinnern ... sehr schwer.« Sie hob Millie hoch und drückte sie an sich. Dann platzte sie heraus: »Warten Sie! Ja! Jetzt fällt mir der Name des alten Mannes ein. Mr. Shih. Das war's. Mr. Shih.«

»Lautete sein voller Name Ch'in Shih?« fragte ich. Der Name tauchte plötzlich in meinem Bewußtsein auf, bevor ich überhaupt wußte, wer das war.

»Seinen vollen Namen kenne ich nicht«, sagte Mrs. Han.

Doch plötzlich kannte *ich* den Namen Ch'in Shih. In *Fünf Geschmacksrichtungen*, Dan Wus Kochbuch, erwähnt der Autor in dem Kapitel über Suppen, daß er einem Ch'in Shih zu Dank verpflichtet ist. Aber wer war das?

»Möchten Sie noch eine Tasse Tee?« fragte Mrs. Han.

»Tut mir leid, aber ich kann nicht länger bleiben.« Wir standen beide auf und verabschiedeten uns traurig. Ich hätte Millie so gerne geküßt, aber ich schüttelte nur ihre Pfote. Sie gähnte.

Verwirrt trat ich auf die Straße. Es ging alles so schnell.

Gott sei Dank war mit Millie alles in Ordnung, aber es war offensichtlich, daß ich die ganze Zeit recht gehabt hatte – sie war am Abend der Schießerei aus dem Restaurant weggebracht worden.

Vor meinem geistigen Auge nahm ein vollkommen neues Szenario Form an. Die entführte Millie. Der alte Chinese. Das Kochbuch. Das chinesische Schriftzeichen an der Wand. Harmonie.

Ich begann Richtung Norden zu gehen. Eins nach dem anderen. Jetzt mußte ich zu der Retro-Feier für Sonny gehen. Und was noch wichtiger war, ich mußte mit Sonny sprechen, und zwar schnell.

## 20

Die Retro-Feier fand nicht in einer Suite statt, wie Sonny behauptet hatte; sie war in einem kleinen Raum im zweiten Stock des Hotels, der zum Teil durch mobile Trennwände abgetrennt worden war. Ich hätte mir so etwas denken können, weil diese Feiern durch freiwillige Spenden finanziert werden und daher immer ein wenig mickrig sind.

Als ich hinkam, war es fast sieben, und die Party war in vollem Gange. Es waren viele Leute da, sehr viele, es war laut und total verraucht in dem Raum. Auf einem langen Tisch standen Platten mit Sandwiches, von denen man das Zellophan zurückgeschlagen hatte. Auf einem kleinen Tisch standen Champagner, Whiskey und alkoholfreie Getränke und unter dem Tisch ein paar Kübel mit Bierflaschen, die in Eis gekühlt wurden.

Als erstes entdeckte ich Detective Rothwax – er befand sich hinter dem Tisch und schenkte Getränke aus.

Er sah mich, winkte mir zu und grinste. Die Art, wie er grinste, sagte mir sofort, daß er wußte, daß Sonny und ich etwas miteinander hatten oder gehabt hatten.

Zwei ziemlich betrunkene Polizisten kamen an mir vorbei. Sie blieben stehen und sahen mich lüstern von oben bis unten an. Einer sagte: »Also, die Stripperin ist da. Wo ist unser Chop Suey?« Ich wandte mich ab von diesen Idioten mit ihren anzüglichen Blicken. Armer Sonny. Wahrscheinlich mußte er sich jeden Tag im Dienst schlechte Chop-Suey- und Won-ton-Suppen-Witze anhören.

Dann sah ich Sonny, in seiner üblichen schäbigen Kleidung. Er stand in der Ecke vor einer Leinwand, hielt ein Glas Champagner in der Hand und grinste nichts und niemanden im besonderen breit an. Normalerweise trank Sonny nichts, aber jetzt sprach er ganz offensichtlich dem Alkohol zu. Ich blieb stehen und beobachtete ihn. Ich sammelte meine Gedanken. Von Zeit zu Zeit kamen verschiedene Leute zu ihm hin und beglückwünschten ihn. Er sagte nichts, sondern lächelte nur und schüttelte ihnen kräftig die Hand. Es war unübersehbar, daß er diesen Augenblick des Triumphs genoß.

Ich blickte zurück zu Rothwax, doch der stand nicht mehr hinter der Bar. Vorsichtig sah ich mich um; es waren nur ein oder zwei Leute hier, an die ich mich von meinem kurzen Gastspiel bei Retro erinnerte.

Da entdeckte mich Sonny und winkte mir zu. Ich ging rasch zu ihm hin.

»Es ist aber auch wirklich Zeit, daß du kommst!« sagte er mit gespieltem Zorn. Ich küßte ihn auf die Wange. Der Champagner hatte sein Gesicht wunderbar zum Leuchten gebracht.

Ich fragte ihn leise: »Können wir ein paar Minuten woanders hingehen? Ich muß mit dir sprechen.«

»Sprich hier. Wir sind unter Freunden.«

Dann legte er seine Hand auf meine Schulter, auf eine Art, die mir nicht behagte ... als wolle er seinen Freunden zeigen, daß diese große Frau ihm gehörte.

»Sonny, ich glaube nicht, daß die Schießerei in dem Restaurant irgend etwas mit dem Schmuggel zu tun hatte.«

Er grinste: »Tatsächlich?«

»Und ich glaube, Dan Wu hat dir die Wahrheit gesagt, als er sagte, er hätte versucht, seinen Partner von seinen gesetzwidrigen Unternehmungen abzubringen.«

»Das wird ja immer lustiger, Alice«, sagte er, wippte auf den Fersen auf und ab und trank noch mehr Champagner.

»Ich bin fast sicher, daß Dan Wu weiß, wer für die Schießerei im Restaurant verantwortlich ist und was der Grund dafür war – und es hat nichts mit dem Rhinozeroshorn zu tun.«

Jetzt wich der amüsiert-überlegene Ausdruck aus seinem Gesicht. »Ist das dein Ernst? Erwartest du wirklich, daß ich das alles glaube?«

Dann packte er mich grob am Arm und flüsterte in einem bösartigen Tonfall: »Jetzt merke ich langsam, was du von mir willst, Alice. Du willst, daß ich dein kleiner Junge bleibe. Du willst mich als Schoßhündchen. Ist es das? Du erträgst es nicht, daß ich einen großen Sieg errungen habe ... daß ich das alles ganz allein geschafft habe.«

Ich befreite mich aus seinem schmerzhaften Griff.

»Hör mir zu, Sonny. Ich habe Millie gefunden. Ich habe die Katze gefunden. Sie wurde in jener Nacht aus dem Restaurant geholt. Sie wurde entführt.«

Er lachte so laut und so grausam, daß sich viele Blicke auf uns zu richten begannen.

»Also das ist es, Alice? Der große Sprung nach vorne in deinen Ermittlungen? Die Katze wurde entführt.« Er wandte sich an die Partygäste, von denen sich viele zu uns umgedreht hatten, um zu gaffen, und wiederholte den letzten Satz lauter und schrecklich sarkastisch.

»Die Katze wurde entführt!« Dann entdeckte Sonny Rothwax und rief ihm zu: »Sie haben mir ja *gesagt*, daß sie verrückt ist! Aber ich habe Ihnen nicht geglaubt. Sie haben mir *gesagt*, sie ist eine verrückte Katzenfrau. Und ich habe kein Wort geglaubt.«

»Du schreist, Sonny, rede nicht so laut.«

»Sag mir nicht, was ich tun soll!« schrie er mich an.

»Ich bin vielleicht eine verrückte Katzenfrau, aber du bist jämmerlich. Und dein grandioser Fall ist noch jämmerlicher. Ich habe dir die Wahrheit gesagt.«

»Halt den Mund!«

»Du benimmst dich wie ein Fünfjähriger.«

»Du Miststück!« schrie er mich an. Er schien jeglichen Rest von Verstand und Würde verloren zu haben. Der Alkohol hatte von ihm Besitz ergriffen, zusammen mit vielen anderen Gefühlen, von deren Existenz ich nichts gewußt hatte. Ich wandte mich von ihm ab und wollte gehen.

Er packte mich am Arm und wirbelte mich herum. »Du Miststück! Du blödes Miststück, du manipulierst einen und saugst einem die Seele aus dem Leib!« schrie er. Dann goß er mir den Rest aus seinem Champagnerglas ins Gesicht.

Ich war in meinem ganzen Leben nie so wütend, habe mich nie so verletzt und beschämt gefühlt.

Oh, ich wußte ganz genau, was er durchmachte. Mit

dieser Feier wurde er endlich bei Retro und allem, wofür diese Truppe stand, voll aufgenommen. Daß er den Fall gelöst hatte, hatte ihm den Zutritt zum Club ermöglicht. Jetzt war er nicht mehr der verrückte eurasische Außenseiter. Jetzt war er einer von ihnen. Und ich hatte das alles verdorben. Ja, ich verstand es. Aber verzeihen konnte ich es ihm nicht.

Ganz langsam verließ ich die Feier und das Hotel, denn meine Glieder schienen ganz schwach zu sein, und ich hatte Angst, ich würde zusammenklappen.

Ich klappte nicht zusammen. Als ich heimkam, war mein Körper noch ganz, aber meine Seele lag in Trümmern.

## 21

Die Wut hielt vierundzwanzig Stunden an, der Schmerz achtundvierzig. Aber das Gefühl der Scham war auch nach zweiundsiebzig Stunden noch immer voll da. Ich schämte mich, daß ich mich in Sonny Hoving verliebt hatte. Ich schämte mich, daß ich vor Liebe so blind gewesen war, daß ich nicht hatte sehen können, was früher oder später passieren mußte. Ich schämte mich für Tausende Dinge. Es war ein tiefsitzendes, demütigendes Gefühl, das mich dazu brachte, still in einer abgedunkelten Wohnung zu bleiben.

Natürlich rief Sonny während dieser ersten drei Tage nach dem Debakel immer wieder an, um sich zu entschuldigen. Ich legte auf und ging dann gar nicht mehr ans Telefon. Er läutete an der unteren Eingangstür. Er versuchte, mir durch einen Boten Blumen zu schicken. Er versuchte alles, aber ich wollte nur in Ruhe gelassen werden. Ich wollte ihn weder sehen noch mit ihm sprechen. Ich wollte vor allem ihn und die Erinnerung an ihn vergessen. Ich wollte die Verheißung von Liebe vergessen.

Am Ende des vierten Tages verließ ich zum ersten Mal wieder meine Wohnung. An meinem Briefkasten klebte ein zusammengefaltetes weißes Blatt Papier. Ich dachte, es sei von Sonny und wollte es schon zerreißen, als es von selbst aufklappte und ich Tony Basillios Handschrift sah:

*Versuche seit drei Tagen dich zu erreichen. Bin wieder im Pickwick Arms. Ruf an. Komm. T.*

Ja, ich brauchte einen Freund. Ich dachte nicht mehr daran, daß ich eigentlich einkaufen gehen wollte, und nahm mir ein Taxi zu seinem Hotel. Ich rief von der Eingangshalle aus an; Tony meldete sich nach dem ersten Läuten und sagte, ich solle hinaufkommen.

Er erwartete mich an der Aufzugtür und bombardierte mich mit wütenden Fragen: »Was zum Teufel ist los mit dir? Du gehst nicht ans Telefon und reagierst nicht auf die Türglocke. Du schreibst nicht. Du verschwindest einfach. Ich weiß, du bist verliebt, aber –«

Ich hob die Hand, um ihn zu stoppen. Er verstummte; zweifellos hatte er gesehen, wie blaß ich war.

Dann fragte er besorgt: »Was hast du denn, Schwedenmädel?« Er nahm mich am Arm und führte mich in sein Zimmer, als sei ich krank.

»Es ist aus«, sagte ich müde, als ich mich auf den einzigen, dick gepolsterten Sessel in seinem Zimmer gesetzt hatte. »Aus und vorbei.«

»Das tut mir leid«, antwortete er.

Seine Haare waren länger als je zuvor. Und er sah aus,

als hätte er sich seit Tagen nicht rasiert. »Ich wollte nicht grausam sein, Tony. Ich hätte es dir überhaupt nicht sagen sollen. Ich weiß nicht, warum ich es dir am Telefon erzählt habe. Ich schäme mich so sehr dafür, wie ich –« Er hielt die Hand hoch, um mir zu sagen, daß ich mich nicht zu entschuldigen brauchte.

»Ich bin eine erbärmliche Kreatur«, sagte ich bitter.

»Nicht erbärmlicher als ich.«

»O doch, Tony. Du weißt ja nicht mal die Hälfte.«

»Aber ich verliebe mich alle sechs Wochen«, antwortete er unbeschwert.

»Das ist mir neu«, sagte ich und mußte zum ersten Mal seit Tagen lachen.

»Wir sollten uns gemeinsam vollaufen lassen, Alice Nestleton. Ich werde ungefähr eine Woche hier sein.«

»Ja, das sollten wir tun. Aber –«

»Aber was?« unterbrach er mich und hielt mir ein kleines, in Silberfolie gewickeltes Pfefferminzbonbon hin. Ich nahm es, wickelte es aus, hatte dann aber keine Lust, es zu essen. Er zuckte die Achseln, nahm es mir aus der Hand und steckte es sich in den Mund.

Ich begann zu weinen.

»Es wird ein Weilchen dauern, aber du wirst darüber hinwegkommen«, sagte er.

»Es geht um mehr als nur um eine Affäre«, antwortete ich.

»Was kann es mehr geben als eine Affäre?«

»Einen Mord.«

»Wer ist ermordet worden?«

Und da erzählte ich ihm die ganze Geschichte, angefangen mit der Verabredung zum Abendessen mit dem Filmproduzenten in Dan Wus Restaurant. Ich schilderte ihm die Schießerei. Millie. Wie ich Sonny kennengelernt hatte. Wie ich Dan Wu und Jack Pallister getroffen hatte. Wie ich Sonny zu Dr. Mei und dem pulverisierten Rhinozeroshorn geführt hatte. Von dem alten Mann, der Mrs. Han die Küchenkatze gebracht hatte. Alles. Es war eine sehr lange Geschichte, und Tony hörte schweigend zu; nur als ich berichtete, was bei der Retro-Feier passiert war, nachdem ich Millie gefunden hatte, schnitt er eine Grimasse.

Als ich mit meinem Bericht zu Ende war, sagte er: »Du warst sehr fleißig. Und ich dachte, daß du die ganze Zeit mit diesem Kerl im Bett liegst.«

»Kannst du mir ein Glas Wasser bringen, Tony?«

Er brachte mir ein Glas kaltes Wasser aus dem Badezimmer und sah mir beim Trinken zu. »Es sieht so aus, als wäre diese Geschichte für dich noch nicht zu Ende.«

»Ach, bitte.«

»Nein, ich meine, es sieht so aus, als würdest du die Ermittlungen gerne fortsetzen.«

»Ich bin müde. Ich bin verzweifelt. Aber du hast recht.«

»Ist es Rache?«

»Rache?«

»Ja, deine Art, es Sonny heimzuzahlen; ihm zu zeigen, daß du von Anfang an recht hattest.«

»Vielleicht spielt das auch ein wenig mit. Aber es geht um viel mehr. Um ein totes Mädchen, Tony. Und um einen exzentrischen Mann, der einen zur Verzweiflung treiben kann, und dessen ...« Mir fehlten einfach die richtigen Worte, um mein Bedürfnis zu beschreiben, das Geheimnis von Dan Wu zu enträtseln, also entschied ich mich für »dessen Schleier ich lüften will«.

Tony fand das sehr komisch. Dann meinte er: »Nun,

wie gesagt, du kannst mich eine Woche lang haben. Wenn du mich brauchst.«

»Ich brauche dich, Tony.«

Der Gedanke, daß ich weitermachen konnte, erfüllte mich mit neuer Energie, und ich war froh, daß mir Tony meine Affäre so schnell verziehen hatte; also berichtete ich ihm in groben Zügen, was Mrs. Han über den alten Mann Ch'in Shih eingefallen war.

Als ich erzählte, wie sie versucht hatte, sich an die Aufschrift an der Seitenwand des alten Pick-ups und an den Ort in New Jersey zu erinnern, begann Tony schallend zu lachen.

»Was ist daran so komisch?«

»Das ist ein Witz. Sag mal, welchen Spitznamen gebe ich dir gewöhnlich?«

»Ich nehme an, du meinst ›Schwedenmädel‹.«

»Richtig. Und damit hat der Name des Dorfes, an das sich Mrs. Han nicht erinnern konnte, zu tun. Die Good Taste Farm ist in *Swedesboro*, New Jersey.«

»Wieso bist du so sicher?«

»Es ist einleuchtend. Es ähnelt beiden Namen, die Mrs. Han eingefallen sind: ›Deedsboro‹ und ›Swalesboro‹, und ich weiß zufällig, daß Swedesboro eine landwirtschaftliche Gegend in Südjersey ist, in der sich viele chinesische, koreanische und vietnamesische Bauern niedergelassen haben, die ihr Gemüse an die asiatischen Restaurants in New York, Philadelphia und Washington liefern.«

»Kannst du mit mir dorthin fahren?«

»Wann?«

»Gleich. Heute nachmittag. Heute abend. Morgen früh. Jederzeit.«

»Dann entscheide ich mich für morgen früh«, antwortete Tony, brach auf dem Fußboden zusammen und streckte alle Viere von sich. Es kam mir überhaupt nicht merkwürdig vor. Man wußte nie, was er tun würde. Ganz im Gegensatz zu mir, natürlich, die ich sozusagen als Felsen von Gibraltar bekannt war. Ha!

Das erklärt, warum Tony Basillio und ich am nächsten Morgen wieder gemeinsam in einem Mietauto unterwegs waren. Er saß am Steuer. Es war eine lange, schweigsame Fahrt. Meine seelischen Wunden lagen noch immer bloß. Seine Besorgnis darüber hinderte ihn daran, seine üblichen Witze zu reißen.

Wir fuhren fast über den gesamten New Jersey Turnpike und bogen dann Richtung Westen ab. Ja, hier gab es tatsächlich eine Stadt namens Swedesboro, und es war wirklich eine landwirtschaftliche Gegend, das stimmte. Die Stadt lag in einem Teil von New Jersey, von dessen Existenz ich bisher nichts gewußt hatte; hier konnte man auf einer Landstraße ganz leicht hinter drei Traktoren hängenbleiben, die glücklich und zufrieden im Schneckentempo dahinzuckelten.

Wir gingen in der Stadt Mittag essen – gegrillte Käsesandwiches. Der erste Mensch, den wir fragten – auf einer privaten Mülldeponie – wußte genau, wo sich die Good Taste Farm befand: etwa acht Meilen außerhalb der Stadt. Er beschrieb uns den Weg dorthin genau.

Von der Landstraße ging eine Schotterstraße ab, die uns zur Farm führte. Sie war mit den tiefsten Schlaglöchern übersät, die mich je durchgerüttelt haben, und sie war ganz unvermittelt zu Ende. Etwa fünfzehn Meter vom Ende der Straße entfernt erblickten wir ein schönes kleines, frisch gestrichenes Haus mit weißen Balken.

Tony und ich stiegen aus und standen in der Stille eines schönen frühen Nachmittags da. Hinter dem Farmhaus gab es ein paar Schuppen, vielleicht für Ziegen, Schweine oder Hühner. Von einem bestimmten Punkt hinter diesen Schuppen gingen strahlenförmig die Felder aus. Ach, sie waren ein herrlicher Anblick. Das Gelände war leicht hügelig, und die Feldfrüchte schienen über das Land zu wogen. Die Farm war in Abschnitten von jeweils etwa einem Viertelmorgen Größe bepflanzt. Es gab Kohl, Tomaten und Paprika und verschiedene Sorten von Rettichen und Zwiebeln. Die spätfrühlingshafte Luft war schwer vom Wachstum dieser Pflanzen. Man konnte sie förmlich wachsen hören.

»Ich kann keinen Menschen sehen«, sagte Tony nervös.

Wir sahen nicht nur keinen Menschen, wir sahen auf dem ganzen Grundstück auch keine Geräte – keine alten Fässer, Schläuche, Traktorenteile oder Autoreifen. Und das war sehr seltsam, wirklich sehr seltsam. Meine Großmutter war eine äußerst ordentliche Frau, aber selbst auf ihrer Milchfarm lagen kaputtes Werkzeug und alle möglichen Arbeitsgeräte herum. Farmen haben stets Entsorgungsprobleme. Das macht zum Teil ihren Charme aus und erzeugt diesen Eindruck von Genügsamkeit. Aber auf die Good Taste Farm traf das offenbar nicht zu.

»Haben Sie sich verirrt?« fragte eine Stimme.

Sie schreckte uns auf. Wir waren bereits auf dem Weg zum Haus, und die Stimme kam von hinten. Wir drehten uns um.

Kaum drei Meter hinter uns stand ein junger Asiate, einen zusammengerollten Wasserschlauch über die

Schulter geschlungen. Er trug Jeans und Stiefel und war von der Hüfte aufwärts nackt. Er war sehr dünn.

»Haben Sie sich verirrt?« wiederholte er.

Ich starrte den jungen Mann mit großen Augen an. Ja, er war Chinese. War das der junge Mann, der den alten Mann zu Mrs. Han begleitet hatte?

Noch ein Gedanke kam mir, bei dem es mir kalt über den Rücken lief: War das einer der jungen Männer, die die Schießerei im Restaurant veranstaltet hatten? Vom Alter her wäre es möglich gewesen. Und sein Gesicht kam mir vage bekannt vor. Aber ich konnte nicht sicher sein. Ich hätte ihn in anderer Kleidung sehen müssen.

»Wir suchen Mr. Ch'in Shih«, sagte ich schließlich.

»Ich fürchte, er ist krank. Er kann jetzt mit niemandem sprechen«, erklärte der junge Mann höflich.

»Es dauert nur einen Augenblick. Es ist sehr wichtig.«

»Ich fürchte, er kann mit niemandem sprechen.«

»Schau!« sagte Tony plötzlich und zeigte auf ein bestelltes Feld, das parallel zur Rückseite des weißen Hauses verlief.

Darin, etwa zwanzig Pflanzenreihen vom Rand entfernt, stand ein alter Mann. Zum Schutz gegen die Sonne hatte er einen großen Strohhut aufgesetzt, einen Frauenhut, ziemlich ähnlich dem, den ich bei der Verfolgung von Jack Pallister getragen hatte. Er hatte einen langen Kaftan an und einen Ledergürtel darum geschlungen. Selbst aus dieser Entfernung konnte ich erkennen, daß der Mann sehr alt war, und er stand vollkommen still da, als dächte er nach. Den Kopf hatte er weggedreht, er sah nicht in unsere Richtung.

»Ist das Mr. Ch'in Shih?« platzte ich, an den jungen Mann gewandt, heraus.

»Nein.«

»Wer dann?«

»Ich weiß es nicht. Vielleicht eine Vogelscheuche. Vielleicht ein Cousin von Ch'in Shih. Ich glaube, Sie sollten jetzt lieber gehen.«

Zum ersten Mal hatte seine Stimme einen bedrohlichen Unterton. Tony und ich gingen zurück zum Auto. Ich rief dem jungen Mann zu: »Bitte sagen Sie Mr. Ch'in Shih, daß ich ihn wegen Dan Wus Küchenkatze sprechen wollte.«

Der junge Mann verneigte sich.

Ich wollte gerade ins Auto einsteigen, als unter dem Wagen drei winzige Wesen hervorschossen. Kleine Kätzchen! Stämmige, wilde, reizende kleine Farmkätzchen, die herumsprangen und übereinanderpurzelten.

Tony lachte. »Nimm dir eine, Alice. Das ist genau, was du brauchst – noch eine Katze in deiner Wohnung. Bushy und Pancho langweilen sich allmählich miteinander.«

Ich lachte nicht. Zwei der drei herumtollenden Kätzchen hatten eine ganz bestimmte Farbe und Zeichnung – sie waren rote Tigerkatzen! Waren diese Kätzchen Millies Nichten und Neffen? Enkel? Ich sah mich verwirrt um ... sah den jungen Mann an, der darauf wartete, daß wir wegfuhren ... den alten Mann, der reglos auf dem Feld stand. Stammte Millie etwa ursprünglich von hier?

Wir stiegen ins Auto und fuhren vom Grundstück weg. Etwa einen halben Kilometer von der Good Taste Farm entfernt blieb Tony am Straßenrand stehen.

»Seltsame, unfreundliche Leute«, sagte er.

Als ich keine Antwort gab, fragte er: »Was machen wir jetzt? Willst du später noch einmal hinfahren?«

»Ich weiß nicht. Ich weiß nicht, was ich tun soll.«

»Warum sollte dir der alte Mann nicht einmal zuhören?«

»Ich weiß es nicht.«

Ich lehnte mich im Sitz zurück und schloß die Augen. Der Besuch hatte mich erschöpft. Der junge Mann hatte mir angst gemacht. Die Kätzchen und der alte Mann hatten mich verwirrt.

Tony begann mit den Fingern auf das Lenkrad zu trommeln.

»Wir können zurückfahren und morgen wiederkommen, Schwedenmädel. Oder wir können heute abend noch einmal bei der Farm unser Glück versuchen. Oder wir können uns ein Zimmer in einem Motel nehmen, hierbleiben, uns die Stadt ansehen und versuchen, mehr über die Good Taste Farm herauszubekommen. Es gibt vieles, was wir tun können.« Während er die Möglichkeiten aufzählte, klopfte er ständig auf das Lenkrad.

Aber Tony irrte sich. Ich hatte alle Möglichkeiten ausgeschöpft. Oh, ich konnte natürlich so tun als ob, aber das wäre eine Farce gewesen. Selbst wenn ich mit Ch'in Shih hätte sprechen können, wußte ich tief im Inneren, daß es vergeblich gewesen wäre.

Irgend etwas entging mir. Ich stand außerhalb. Ich hatte keine Verbindung zu ihrer Welt.

Ich wußte, daß die ganze Verschwörung offen zutage lag ... daß ich alle Teilchen beisammen hatte ... aber ich konnte das Bild nicht zusammensetzen.

So einfach war das. Ich brauchte eine Übersetzungshilfe – wie es der Stein von Rosette für die Hieroglyphenforscher gewesen war –, um mir das zusammenreimen zu können. Mehr nicht. Dann würde die ganze Fassade zusammenbrechen.

»Tony, ich benötige einen Asienexperten. Das muß ich als nächstes tun. Einen suchen ... und mit ihm sprechen.«

»Wo findet man die? Im Branchenverzeichnis?«

»Ich weiß es nicht.«

»Natürlich«, sagte Tony heftig lachend, »kann ich dich jederzeit zu Reuben Tarnapol bringen.«

Dieser Name weckte eine Erinnerung – an einen schwermütigen, langhaarigen Schauspieler und Stükkeschreiber, der wenig sprach und dauernd auf- und abging; an einen Mann, der ständig an einem depressiven Erregungszustand zu leiden schien; einen sehr seltsamen Menschen, der, wenn er einmal den Mund aufmachte, Hesses *Steppenwolf* oder das *I Ging* zitierte.

Ich lächelte traurig. »Das ist wirklich ein Name aus der Vergangenheit«, bemerkte ich.

»Stimmt«, pflichtete mir Tony bei, »aus einer Zeit, in der wir beide jung und schön waren und nichts uns aufhalten konnte.«

»Was ist aus ihm geworden? Ich erinnere mich, daß mir irgend jemand erzählt hat, daß er nach Ceylon gegangen und buddhistischer Mönch geworden ist.«

»Das hat er auch getan. Und danach noch viele andere Dinge. Er war in Indien, in Nepal, in Tibet und in Hongkong. Beschäftigte sich mit Buddhismus, Taoismus und Kung-Fu. Wer weiß, was er sonst noch alles gemacht hat?«

»Hast du ihn in letzter Zeit einmal gesehen? Ich meine, lebt er noch, geht es ihm gut?«

»Er hat mich vor ein paar Monaten angerufen. Klar, er lebt noch. Wie gut es ihm geht, weiß ich nicht ... ich meine, im Kopf. Auf jeden Fall hat er eine kleine Pension in Cape May gekauft, an der Südspitze der Küste von Jersey. Zur Zeit ist seine einzige Beschäftigung Vogelbeobachten, aber das betreibt er total fanatisch! Deshalb lebt er jetzt dort. Es ist ein Paradies für Vogelbeobachter. Es liegt auf der Route der Zugvögel.«

»Glaubst du, er würde mir helfen?« fragte ich.

»Da bin ich sicher. Ich meine, ich weiß nicht, welche Informationen du brauchst. Aber wenn es um mystische, seltsame Dinge geht ... wenn es mit Asien zu tun hat ... dann ist er dein Mann.«

»Cape May liegt am anderen Ende des Staates«, bemerkte ich.

»Ein paar Autostunden entfernt. Wir könnten dort bei ihm übernachten. Du brauchst nur deine Nachbarin anzurufen, daß sie deine Katzen füttern soll.«

Ich saß schweigend da und überlegte. Ich kannte Cape May: es war eine bezaubernde kleine Stadt am Meer mit vielen viktorianischen Häusern im Zuckerbäckerstil. Ich war Mitte der achtziger Jahre dort aufgetreten, bei einem der vielen Kunst-Festivals, die die Stadt sponserte, um auch andere Touristen als die üblichen Vogelbeobachter und Sonnenanbeter anzulocken.

»Reuben Tarnapol.« Langsam wiederholte ich den Namen. Warum nicht? Was hatte ich zu verlieren? Mein Kopf schwirrte vor sich überschlagenden Intuitionen und Informationen, die sich nicht zusammenfügen ließen. Was ich brauchte, war ein Funke, der sie entzündete, miteinander verschmolz. Warum sollte nicht ein alter Schauspielerkollege, der von allem Chinesischen geradezu besessen war, diesen Funken hervorbringen? Warum eigentlich nicht?

»Fahren wir, Tony«, sagte ich.

## 22

Es war eine elende Fahrt quer durch New Jersey nach Cape May – wie üblich lehnte es Tony ab, sich nach einer Straßenkarte zu richten. Wenn eine Straße auf der Karte wie eine schnurgerade Linie zwischen zwei Punkten aussah, mißtraute er ihr sofort und suchte sich eine andere Route.

Also war es bereits früher Abend, als wir endlich ankamen. Der Ort hatte sich nicht verändert. Am Ufer die großen Hotels und Motels, viele davon mit Brettern vernagelt, Relikte einer längst vergangenen Zeit. Aber in dem belebten Einkaufszentrum – mehrere Straßen, die für den Verkehr gesperrt waren – gab es noch immer die vielen exquisiten Geschäfte und Restaurants, einschließlich eines Geschenkeladens speziell für Vogelbeobachter.

Alle Häuser in Cape May waren offenbar für die kommende Sommersaison frisch gestrichen worden, in lebhaften Blau-, Weiß-, Rosa- und Grüntönen. An der Hälfte der Häuser schien ein Schild mit der Aufschrift »Zimmer mit Frühstück« zu hängen, und viele der größeren hatten auch Veranden.

Kaum waren wir in Cape May, verirrte sich Tony erneut. »Seine Pension heißt ›Zum sanften Falken‹«, murmelte er, »und sie soll zwei Häuserblocks von der Touristeninformation entfernt sein. Daran sind wir gerade vorbeigefahren. Wo ist die Pension?«

»Was ist denn das für ein Name, Tony? ›Zum sanften Falken‹? Das klingt absurd.«

»Ich finde, es klingt gut«, antwortete er.

Schließlich entdeckte Tony die Pension und parkte den Wagen davor. Es war wahrscheinlich die einzige Frühstückspension in Cape May, die nicht frisch gestrichen war. Eigentlich sah sie richtig heruntergekommen aus. Kein Wunder – unter dem Schild mit der Aufschrift ZUM SANFTEN FALKEN / ZIMMER MIT FRÜHSTÜCK hing ein weiteres Schild, das in roten Buchstaben verkündete: GESCHLOSSEN.

»Vielleicht ist er weggezogen«, meinte ich.

»Er ist da«, sagte Tony. »Ich spüre es.« Wir stiegen aus dem Auto und gingen die Treppen zur Veranda des ›Sanften Falken‹ hinauf.

An der Tür war ein riesiger Türklopfer aus Messing. Mit diesem hämmerte Tony dreimal an die Tür. Ein Mann öffnete sie. Sobald er uns erblickte, verzog sich sein Gesicht zu einem breiten Lächeln.

War *das* Reuben Tarnapol? Wie war das möglich? Jener Reuben hatte lange Haare und ein glattes Gesicht gehabt. Dieser hier hatte eine Glatze und einen Vollbart. Jener Reuben war dünn gewesen. Dieser Reuben hier war korpulent.

Aber es war wirklich Reuben Tarnapol, zwanzig Jahre älter, und er freute sich sehr, mich wiederzusehen. Er bat uns hinein. »Ich habe vor ein paar Monaten mit dem Zimmervermieten aufgehört«, erklärte er. »Wozu die ganze Mühe? Ich brauche das Geld nicht.«

Das Erdgeschoß bestand aus einem Wohnzimmer, einem großen Speisezimmer und einer Küche mit einem dieser schwarzen Herde, wie man sie in Großküchen verwendet. Durch diese Küche führte uns Reuben in eine Art Vorratsraum, der der einzige bewohnte Raum im Erdgeschoß zu sein schien. Hier standen mehrere Lehnsessel, ein kleiner Kühlschrank und drei Fernsehapparate. An den Wänden lehnten Schaufeln, Rechen und andere Arbeitsgeräte.

Wir setzten uns. Tony fragte: »Warum hast du drei Fernsehapparate?«

»Für meine drei Videorecorder«, antwortete Reuben. Dann nahm er drei Videokassetten, knallte sie in die Recorder und schaltete sie alle drei ein.

Auf jeder waren Vögel im Flug zu sehen.

»Schön, was? Die habe ich im letzten Herbst aufgenommen, von den Beobachtungsterrassen im Naturpark.« Aufgeregt begann Reuben zu beschreiben, was auf jedem Video als nächstes kommen würde. An einer Wand sah ich mehrere Videokameras.

»Schaut euch das an . . . da«, sagte er und zeigte auf einen der Bildschirme, auf dem zwei Falken hintereinander zu sehen waren, die im Gleichklang kräftig mit den Flügeln schlugen, um gegen die Luftströmungen anzufliegen.

So plötzlich wie er die Kassetten eingelegt hatte, schaltete er die Videorecorder wieder ab. »Ihr müßt Hunger und Durst haben«, sagte er. Er öffnete den Kühlschrank und nahm die restliche Hälfte eines großen Cremekuchens heraus. Er stellte ihn auf einen kleinen Klapptisch vor uns, legte Servietten und Plastiklöffel dazu auf und holte dann zwei Flaschen italienischen Weißwein. Er öffnete sie und schenkte ihn in drei Pappbecher ein.

Dann setzte er sich breit hin und sagte: »Gott, ich hasse Theaterleute« und begann dröhnend über seinen eigenen Scherz zu lachen, was immer der Scherz dabei war. Tony warf mir einen Blick zu, der besagte, daß er fand, Reuben Tarnapol habe einen Sprung in der Schüssel, um einen »Tony-Ausdruck« zu verwenden.

»Es ist lange her«, sagte Reuben traurig, »und es ist sehr seltsam, was aus uns allen geworden ist.«

Diese Unterhaltung – wenn man sie so nennen konnte

– machte Tony nervös. »Ist das jetzt deine einzige Beschäftigung, Reuben? Vögel im Flug filmen?«

»Na ja«, sagte Reuben und nahm sich einen Löffel Cremekuchen, »ich schreibe auch über Vögel.« Ein Kuchenkrümel landete auf seinem Jeanshemd und verursachte einen Fleck. Er starrte ihn an und ignorierte ihn dann.

»Mein Projekt läuft sogar sehr gut.«

»Was für ein Projekt?« fragte Tony.

»Ich werde das erste Vogelbestimmungsbuch schreiben, das auf dem neuen Beweismaterial basiert.«

»Was für Beweismaterial?« fragte ich.

»Daß Vögel die einzigen überlebenden Nachfahren der Dinosaurier sind.«

»Aber inwiefern hat das einen Einfluß auf die Vogelbestimmung?« fragte ich. »Ich meine, ein Eichelhäher bleibt doch trotzdem ein Eichelhäher.«

»Du hast recht. Es hat keinen Einfluß darauf. Wie die Zen-Buddhisten sagen: ›Vor deiner Erleuchtung sind Berge Berge, und Flüsse sind Flüsse. Nach deiner Erleuchtung sind Berge noch immer Berge, und Flüsse sind Flüsse‹.«

»Und warum schreibst du dann ein neues Vogelbuch?« fragte Tony.

»Nein, an sich kein *neues* Vogelbuch. Eine neue *Art* Vogelbuch, so daß der Vogelbeobachter jedesmal, wenn er in seinem Buch nachschaut, darauf aufmerksam gemacht wird, daß in Zeit und Raum hinter diesem winzigen Vogel die so furchtbar tragische, komplexe und schöne Rasse der Dinosaurier steht.«

Allmählich wurde uns beiden ein wenig mulmig zumute. Keiner von uns hatte je gehört, daß die Dinosaurier mit solchen Worten beschrieben wurden.

Aber dieses Gefühl verflog sehr rasch wieder, denn gleich darauf begann Reuben von der guten alten Zeit zu reden. Von den Theaterleuten, den Orten und den Inszenierungen, an die er sich erinnerte. Von der Welt der Schauspielschüler im Manhattan der frühen siebziger Jahre. Von Frauen, die er geliebt, und Lehrern, die er verachtet hatte. Vom Essen, von der Verzweiflung, der Freude, den Wohnungen, den Partys und der morbiden, zum Scheitern verurteilten Freiheit jener Zeit. Und jedesmal, wenn er eine alte Erinnerung ausgegraben hatte, sah er entweder Tony oder mich an und fragte: »Erinnerst du dich an die?« oder »Weißt du noch?« oder »Wie traurig das war!«

Als Reuben schließlich in die Gegenwart zurückkehrte, war es draußen stockfinster. Tony war wiederholt eingedöst. Der Wein war ausgetrunken. Der Cremekuchen war schon *lange* aufgegessen. Es schien nichts mehr zu geben, was man sagen oder woran man sich erinnern konnte.

Es war Zeit, daß ich ins Scheinwerferlicht trat.

»Reuben! Ich bin mit Tony hergekommen, weil ich deine Hilfe bei Ermittlungen in einem Mordfall brauche.«

»Und ich dachte, du wärst hergekommen«, sagte er verschmitzt, »um mit mir in die Vergangenheit zu reisen ... wieder Händchen haltend in einer vergammelten Kneipe in Manhattan zu sitzen und über etwas Reales zu sprechen – das Theater.«

»Der gute alte Reuben hat sich nicht geändert«, sagte Tony, der aus seinem Nickerchen aufwachte. »Seine Realität war immer anders.«

»Natürlich ist sie anders als deine«, erwiderte Reuben fröhlich, »weil du aus dem Westen bist und ich aus dem Osten komme. Und wir wissen beide, wo die Sonne aufgeht.«

»Genau darum geht es«, warf ich ein. »Deshalb brauche ich deine Hilfe.«

»Ich stehe zu deiner Verfügung.«

»Erzähl ihm die ganze verrückte Geschichte«, meinte Tony.

Nein, das konnte ich nicht. Und ich wollte es auch nicht. Es war zu mühsam. Ich würde gleich zur Sache kommen.

»Hast du schon mal von Dan Wu gehört?«

»Nein. Warte mal ... doch ... du meinst diesen Fernsehkoch.«

»Genau. Dan Wu, den ehemaligen Fernsehkoch und Restaurantbesitzer. Also, auf den ersten Blick ist dieser Mann vernünftig, ehrgeizig, kreativ, westlich gekleidet, spricht englisch ... und vor allem – man kann ihn verstehen.«

»Wird er des Mordes verdächtigt?«

»Das weiß ich noch nicht. Zuerst glaubte ich, daß alles an ihm echt ist, wenn du weißt, was ich meine. Ich glaubte, daß er genauso ist, wie er aussieht, spricht, handelt. Aber dann ist etwas geschehen.«

»Was?«

»Ich hatte ein fünfminütiges Gespräch allein mit ihm, ein Gespräch über eine Katze, und ich merkte, daß er überhaupt nicht so ist, wie er wirkt. Und da stehe ich an.«

»Was hat er gesagt?«

»Erstens: Als ich sagte, ich hätte in seinem Restaurant hoch oben auf einem Küchenregal eine Katze gesehen, fragte er, ob das nicht eine Katze gewesen sei, die den Mond anschaut.«

Kaum hatte ich diese Worte ausgesprochen, sprang Reuben von seinem Sessel auf und begann seinen Körper so bizarr zu verrenken, daß Tony und ich einander total verwirrt anstarrten.

So schnell, wie er damit begonnen hatte, hörte er wieder auf, verneigte sich und setzte sich wieder hin. Er grinste.

Ich wußte nicht, was ich sagen sollte.

»Das, Alice Nestleton«, erklärte Reuben, »ist eine *Katze, die den Mond anschaut*. Es ist Teil der klassischen Methode zur Reinigung des Knochenmarks – einer uralten Reihe von Streckübungen, die der geistigen und körperlichen Gesundheit förderlich sein sollen. Angeblich stammen diese Übungen vom ersten Oberhaupt der Buddhisten in China, aber die Taoisten haben sie in ihren Klöstern erst berühmt gemacht. Die einzelnen Übungen haben lauter seltsame Namen, wie *Der zupackende Adler* und *Fischer, der sein Boot rudert*.«

Ich fand sein Wissen sowohl faszinierend als auch enervierend.

»Was sonst noch?« fragte er.

Jetzt konnte ich es kaum erwarten fortzufahren. »Ich ließ nicht locker und fragte ihn weiter nach der Küchenkatze, und da sagte er etwas sehr Merkwürdiges. Er sagte, daß es in seiner Küche keine Katze gäbe. Was ich gesehen hätte, sei ein Drache gewesen. Und er schien es wirklich ernst zu meinen.«

Eine Zeitlang gab Reuben keine Antwort. Er starrte zuerst Tony und mich an, dann den Kuchenfleck auf seinem Hemd.

Schließlich sagte er: »Nun, ich kann mir vorstellen, daß er es ernst meinte. Das kraftvollste Hexagramm im *I Ging* ist das *Chi'en*. Es enthält sowohl Yin als auch

Yang. Bei der Deutung liegt die wahre Kraft dieses Hexagramms in der Tatsache, daß darin ein Drache lauert. Derjenige, der sich wirklich mit dem *I Ging* auseinandergesetzt hat, kann diesen Drachen in all seiner eindrucksvollen Kraft aus den Tiefen heraufholen.«

Zunehmend gefesselt, fuhr ich fort: »Und dann leugnete Dan Wu, daß es in seiner Küche überhaupt eine Katze oder einen Drachen oder irgendein anderes Tier gäbe. Er sagte, ich renne viel zu viel hin und her, raus und rein, um Antworten zu finden. Er sagte, ich solle daheim bleiben. Er sagte, daß man die Wahrheit aller Dinge entdecken könne, ohne sich überhaupt von der Stelle zu rühren.«

Reuben nickte heftig. »Das ist Lao-tse in Reinkultur. Das war der große Philosoph, der das *Tao Te Ching* geschrieben hat, *Die Lehre von der Kraft des Weges*, das berühmteste und einflußreichste philosophische Werk Chinas, das je geschrieben wurde. Eigentlich war er der Gründer des Taoismus. Er hat so um 500 vor Christus gelebt.«

»Aber du stellst Dan Wu als Heiligen dar«, platzte ich heraus.

»Wenn der Schuh paßt ...«, meinte Reuben nachdenklich. »Und außerdem hast du mir gesagt, du wüßtest, daß er nicht so ist, wie er wirkt. Nicht der typische prominente Küchenchef.«

»Erzähl ihm von dem alten Mann, Chan Shu«, drängte Tony.

»Er heißt Ch'in Shih«, korrigierte ich ihn. Dann erzählte ich Reuben von dem alten Mann – daß Dan Wu in seinem Kochbuch eine kryptische Lobrede über ihn geschrieben hatte, daß der alte Mann der Mutter des Mordopfers einen Kondolenzbesuch abgestattet und ihr die Katze geschenkt hatte, die während der Schießerei mitgenommen worden war, daß wir zu seiner kleinen Farm gefahren waren, man uns aber den Zutritt verwehrt hatte, und wie seltsam er ausgesehen hatte.

Reuben zuckte die Achseln und meinte dann: »Vielleicht war der alte Mann Dan Wus Lehrer.«

»Was soll er ihn gelehrt haben?«

»Ich weiß es nicht. Vielleicht hat er Dan Wu kochen gelehrt. Vielleicht ist er Dan Wus Guru. Vielleicht ist der alte Mann ein taoistischer Priester.«

Tony lachte: »Machst du Witze? Er hat eine Minifarm in Süd-Jersey und baut Kohl an. Er ist ein verdammter Gemüsebauer. Wie sollte er ein taoistischer Priester sein?«

»Du verstehst ganz offensichtlich den Taoismus nicht, Tony«, antwortete Reuben tadelnd, aber freundlich. »Viele taoistische Priester haben das Kloster verlassen und sind auf Wanderschaft gegangen. Als Bettler. Als Schuster. Als Hirten. Und viele sind als Bauern seßhaft geworden. Das ist das Wesen des Taoismus: daß es keine Rolle spielt, was man tut oder was man ist. Es ist alles dasselbe. Man soll nicht nach etwas streben oder gegen das Schicksal ankämpfen. Wenn man gehen will – soll man gehen. Wenn man Bauer wird – soll man Bauer sein. Das ist der geheiligte ›Mittelweg‹. Dicke Menschen sollen weniger essen – das ja. Aber sie sollen nicht fasten. Dünne Menschen sollen mehr essen – das ja. Aber sie sollen sich nicht vollstopfen. Alle Extreme sind zu vermeiden. Nur auf dem ›Mittelweg‹ gibt es Harmonie. Nimm zum Beispiel eine traditionelle chinesische Mahlzeit. Je mehr verschiedene Arten von Speisen, desto besser. Je unterschiedlicher die Speisen desto größer die Harmonie. Aber niemals eine Speise im Übermaß.«

»Du erschöpfst mich mit deiner orientalischen Weisheit«, sagte Tony. »Wie wär's, wenn du mir den ›Mittelweg‹ ins Bett zeigst?«

Ja, es war spät. Reuben führte uns ins Obergeschoß, wo wir unter sieben verschiedenen Schlafzimmern wählen konnten.

Ich schloß die Tür des Zimmers, das ich mir ausgesucht hatte, und setzte mich auf die Bettkante.

Auf meiner Stirn stand kalter Schweiß, aber nicht, weil ich keine Wäsche zum Wechseln und keine Toilettensachen dabei hatte oder weil ich erschöpft war.

Der Grund war, daß sich bei Reubens Erklärung des ›Mittelweges‹ das letzte Teilchen des Puzzles eingefügt hatte.

Ich wußte, was passiert war! Ich verstand, was geschehen war und warum!

Aber zusammen mit dem Verstehen kam auch die absolute Gewißheit, daß mir niemand – weder Rothwax noch Sonny noch Tony – glauben würde. Denn die Geschehnisse, waren sehr seltsam ... die Motive fremdartig ... die Art der Verschleierung unverständlich.

Ja, jetzt war alles klar. Aber jetzt mußte ich es beweisen.

Ich saß da und fragte mich: Wie beweist man etwas, das der eigenen Denkweise vollkommen fremd ist? Wie beweist man, daß schwarz vielleicht weiß ist? Oder grün lila? Oder Osten Westen? Wie beweist man, daß eine arbeitslose Schauspielerin zumindest einen Tag lang ein Genie sein kann?

Ich muß mich wohl eine Stunde darüber aufgeregt haben, wie ungerecht das alles war – die Uhr zeigte zwanzig nach eins –, und dann begann ich plötzlich zu lachen.

Mir war vollkommen klar, warum ich lachte. Weil alles, was ich benötigte, um den Fall Dan Wu zu lösen – wenn man ihn so bezeichnen konnte –, im Erdgeschoß dieses Hauses vorhanden war. Ja, da unten war eine Küche und eine Videokamera. Was brauchte ich eigentlich noch mehr?

Und dann schlief ich den Schlaf der Gerechten.

## 23

»Wo ist Reuben?« fragte ich.

Tony beantwortete meine Frage nicht. Er sagte: »Schwedenmädel, du solltest jeden Monat mit einem Lover Schluß machen. Ich kann mich nicht erinnern, daß du schon mal so lange geschlafen hast. Es tut dir gut. Du bist jetzt die Treppe heruntergekommen wie ein junges Mädchen.«

Tony stand in der geräumigen Küche und kochte auf dem riesigen Großküchen-Herd Wasser für Instant-Kaffee. Der arme kleine Kochtopf wirkte ganz verloren. Auf dem Tisch befanden sich bereits Tassen mit dem Instant-Kaffee und ein in Zellophan verpackter alter Laib Roggenbrot. Neben dem Brot wartete ein Teller, und auf dem Teller lag einsam ein Klumpen, der einmal Doppelrahm-Frischkäse mit Frühlingszwiebeln gewesen sein mochte. Gut, daß er keine Zimmer mehr vermietet, dachte ich.

»Wo ist Reuben?« wiederholte ich.

»Draußen, er nimmt mit seinen Videokameras Vögel auf. Er muß so um sechs aus dem Haus gegangen sein.«

»Glaubst du, Tony, daß uns Reuben sein Haus benutzen läßt?«

»Wofür, für verbotene Dinge? Machst du mir einen unsittlichen Antrag, Schwedenmädel?«

Er goß heißes Wasser in meine Tasse. Ein paar Sekunden später hörten wir die Eingangstür aufgehen, und Reuben schlenderte herein. Er hatte seine Videokameras über die Schulter gehängt und brachte ein paar Becher Kaffee und frische Donuts für uns mit. Er stellte alles auf dem langen Küchentisch ab.

»Zu nebelig da draußen«, sagte er angewidert und ließ sich auf einen Stuhl fallen. Dann leuchtete sein Gesicht auf. »Wenn ihr Übungen machen wollt – die Übungen der klassischen Methode zur Reinigung des Knochenmarks kann ich euch alle zeigen.«

»Ich glaube, ich passe«, sagte ich. Ich brach ein Donut auseinander und kostete es. Sehr frisch.

»Ohne diese Morgennebel wäre dieser Ort hier das Paradies«, sagte Reuben.

Ich trank den frischen Kaffee. Reuben hatte zuviel Zucker hineingetan ... *und* es war auch Milch drinnen. Aber ich konnte ihn trinken.

Es war Zeit, die Dinge in Gang zu bringen.

»Würdest du mir für einen Kochkurs deine Küche zur Verfügung stellen?« fragte ich ihn.

Er starrte mit großen Augen zuerst mich an, dann Tony. Tony wiederum fragte: »Ist das dein Ernst?«

»Mein voller Ernst.«

»Ein neues Hobby, Schwedenmädel?«

»Nein, nicht ich werde den Kurs abhalten, Tony. Dan Wu.«

»Hast du ihn schon gefragt?«

»Nein. Aber er wird es tun.«

»Aber sicher. Ein millionenschwerer Weltklasse-Koch, der vielleicht Mitglied eines asiatischen Verbrecherrings ist oder auch nicht, wird nach Cape May kommen und in Reubens Küche den Einheimischen beibringen, wie man mit einem Wok kocht.«

Ich ignorierte ihn. Ich würde Tony im dunkeln lassen müssen, genau wie Reuben. Ich brauchte Tony, und ich vertraute ihm, aber ich hielt einfach den ständigen Sarkasmus und die Fragen nicht aus, die mir sicher bevorstanden, wenn ich verriet, was ich vorhatte.

»Es wird nur ein eintägiger Kurs sein, Reuben. Du weißt schon, eines dieser ganztägigen Seminare – etwa acht Stunden. Vielleicht acht bis zehn Teilnehmer, von denen jeder ungefähr zweihundert Dollar für das Vergnügen zahlt. Und du bekommst natürlich einen Anteil davon.«

Reuben wirkte verwirrt. »Ich brauche das Geld wirklich nicht, Alice. Ich weiß einfach nicht.«

»Also, Reuben, wenn du das Geld nicht brauchst, dann tu es für mich, um der alten Zeiten willen.«

»Aber du hast mir erzählt, du versuchst einen Mord aufzuklären, in den dieser Dan Wu verwickelt ist. Was hat denn dieser Kochkurs damit zu tun?« fragte Reuben.

»So etwas wollte ich einfach schon immer mal machen«, log ich. »Und es ist eine Gelegenheit, näher an Dan Wu heranzukommen.« Tony begann mich mit zusammengekniffenen Augen anzusehen. »Hör zu, Reuben«, fuhr ich fort, »du hättest dabei gar nichts zu tun. Heute ist Mittwoch, ja? Tony und ich fahren heute heim. Nächsten Dienstag kommen wir wieder, sehr früh am Morgen. An diesem Tag werden sich die Teilnehmer einschreiben lassen, und ich übernehme das Telefon. Am nächsten Tag findet der Kurs statt, und dann ist alles vorbei. Ich räume auf.«

Reuben seufzte tief auf und sagte dann: »Okay. Warum nicht?«

»Und um noch einen Gefallen möchte ich dich bitten, Reuben. Könntest du den Kurs für mich auf Video aufnehmen?«

»Du meinst, die ganzen acht Stunden?«

»Ja. Aber nicht so, wie du glaubst. Ich will *Cinema verité*. Ich will nicht, daß die Teilnehmer wissen, daß sie gefilmt werden. Ich dachte, vielleicht könntest du im Vorratsraum ein paar Videokameras anbringen. Vielleicht hinter einem Vorhang.«

Die Vorstellung gefiel Reuben. Das war offenbar die Art von Herausforderung, die er liebte.

Vergnügt sagte er: »Das ist möglich. Ja, sicher. Ich kann etwa vier Kameras installieren und sie so einstellen, daß sich etwa alle fünfundvierzig Minuten eine nach der anderen einschaltet und dann wieder ausschaltet. Es werden immer zwei gleichzeitig laufen und verschiedene Teile der Küche aufnehmen. Ja, das ist möglich. Das ist ein interessantes Problem. Wir werden nicht alles draufkriegen, aber viel. Klar.«

»Ich nehme an, Alice«, sagte Tony trocken, »daß du Reuben die Kosten für die Videobänder zurückerstatten wirst ... oder daß du ihn zumindest an deinem Ruhm teilhaben läßt, wenn dieser Klassiker im Fernsehen gesendet wird.«

Ich ignorierte ihn. »Noch etwas, Reuben. Hättest du etwas dagegen, wenn Dan Wu seine Katze mitbringt?«

»Ich mag Katzen«, sagte Reuben.

Tony mischte sich wieder ein. »Ich dachte, du hättest mir erzählt, seine Katze, Millie, sei aus dem Restaurant entführt und Mrs. Han geschenkt worden.«

»Das war seine Küchenkatze aus dem Restaurant. Ich rede von Dan Wus Hauskatze«, log ich wieder.

»Soll ich Leber kaufen?« fragte Reuben.

Eine Stunde später fuhren wir weg, zurück nach Manhattan. Tony kochte innerlich, aber er sagte etwa dreißig Meilen lang kein Wort. Auf dem Garden State Parkway explodierte er dann. »Verdammt! Ich *wußte*, ich hätte dich nicht zu diesem Reuben bringen sollen. Er ist noch verrückter als du! Und dieser ganze *I-Ging*-Mist hat dich endgültig geistig verwirrt. Was geht denn hier *vor*, Alice? Was soll dieser ganze Unsinn mit dem Kochkurs? Woher willst du wissen, daß Dan Wu zusagt? Was hast du vor?«

Er schlug mit der Hand auf das Lenkrad. Ich gab keine Antwort.

»Ich weiß, daß du eine ziemlich schlimme Zeit hinter dir hast. Ich weiß, daß du diesen Typen geliebt hast, Alice. Also solltest du so vernünftig sein, eine Zeitlang mit solchen Aktionen aufzuhören. Du bringst nur dich und andere in Schwierigkeiten. Je weiter diese Sache fortschreitet, desto mehr glaube ich, daß dein Freund recht hatte. Daß es bei der ganzen Geschichte um pulverisiertes Rhinozeroshorn ging und daß du den Wald vor lauter Bäumen nicht siehst.«

Ich konnte nur sagen: »Vertrau mir, Tony.«

»Nein!« rief Tony. »Vertrau *du mir*! Sag mir, was hier vorgeht.«

»Bald, Tony, bald«, sagte ich beruhigend.

Ich begann mit der linken Hand seine angespannten Nackenmuskeln zu massieren, während er das Auto lenkte. Aus irgendeinem Grund mußte ich bei meinen Handbewegungen und der Berührung seines Nackens an Sonny denken. Die Wut und die Scham kamen wieder hoch, aber gleichzeitig auch Trauer und Verlangen.

Ich begann zu weinen.

»Bitte, weine nicht, Schwedenmädel. Ich konnte es noch nie ertragen, dich weinen zu sehen«, bat Tony.

Ich versuchte mich zu beherrschen.

»Okay!« rief er. »Hör zu, hör auf zu weinen. Von jetzt an sage ich kein einziges Wort mehr. Nicht ein gottverdammtes Wort. Ich bin dein treu ergebener Sklave. Du sagst mir, was ich tun soll, und ich tue es. Okay? Ich bin Lancelot und du Guinevere. Schick mich nur los auf Abenteuer. Dein Wunsch ist mir Befehl. Sogar gegen Drachen, Schwedenmädel. Sogar diese Drachen im *I-Ging*-Hexagramm – ich kämpfe gegen sie.«

»Danke, Tony«, war alles, was ich sagen konnte, nachdem ich zu weinen aufgehört hatte. Wir kamen nach Manhattan und gaben den Leihwagen zurück.

»Was begehrt meine Gebieterin?« fragte Tony, als wir von der Leihwagenfirma weggingen.

»Eine Bücherei«, antwortete ich. Wir begaben uns in die Bücherei von Mid-Manhattan an der 40th Street / Ecke Fifth Avenue. Aus dem Adreßbuch schrieb ich mir rasch die Namen und Adressen von drei Tageszeitungen in New Jersey heraus, die im Umkreis von Swedesboro Sonntagsausgaben herausbringen.

»Und jetzt?«

»Ich brauche eine Presseinformation, Tony. Weißt du, wie man Presseinformationen verfaßt?«

Tony stöhnte auf. Aber als mein ergebener Ritter konnte er nichts anderes tun als mitmachen. Er ging mit mir in eine Druckerei in einem schäbigen Gebäude in der West 39th Street. Es war eine Firma, mit der er als Inhaber der Mutter-Courage-Copyshops geschäftlich zu tun gehabt hatte, bevor er beschloß, wieder ans Theater zurückzukehren. Eine ruhige Frau mit Schildpatt-Brille fragte mich, wie viele Exemplare der Presseinformation ich benötigte. Zehn, sagte ich. Sie fand das sehr lustig, aber sie nannte mir einen überaus günstigen Preis. Dann gingen wir zum Computer. Sie erklärte, wie er funktionierte. Das gesamte Layout wurde per Computer gemacht, inklusive des Briefkopfes. Dann wurde es ausgedruckt und in einem Durchgang reproduziert. Erstaunlich.

Als Briefkopf für die Presseinformation wählte ich

**Pension zum sanften Falken – Zimmer mit Frühstück**

und in die rechte obere Ecke des Blattes schrieb ich die Adresse und Telefonnummer in Cape May. Für die linke obere Ecke stellte mir der Computer die Silhouette eines Falken zur Verfügung.

Der Presseinformation gab ich die Überschrift

ENDLICH – SÜSSE ERDNUSSUPPE MIT
ERDBEEREN IN CAPE MAY!

Das sprang in die Augen. Im Text stand bloß, daß der weltberühmte Koch Dan Wu am kommenden Mittwoch in der Pension zum sanften Falken in Cape May ein eintägiges achtstündiges Seminar abhalten würde. Die Teilnehmer würden die letzten Kniffe der neuen vegetarischen chinesischen Küche kennenlernen. Die Bewerber sollten am Dienstag, dem Tag vor dem Seminar, in der Pension anrufen. Die Teilnehmerzahl würde auf die ersten fünfzehn Anrufer beschränkt sein und die Teilnahmegebühr zweihundertfünfzig Dollar betragen. Die Küchengeräte und die Lebensmittel würde Mr. Wu zur Verfügung stellen.

Die Presseinformation sah toll aus, und ich sandte sie sofort an die drei Zeitungen in New Jersey.

»Und jetzt?« fragte Tony.

»Jetzt trennen wir uns«, sagte ich. »Wir treffen uns am Freitag um neun Uhr früh vor deinem Hotel.«

»Und tun was?«

»Holen Dan Wus Katze ab.«

»Aber wir fahren doch erst am Dienstag nach Cape May. Warum bleibt die Katze nicht solange bei Wu?«

»Denk an deinen Schwur«, ermahnte ich ihn. Er tat, als verschließe er seinen Mund mit einem Reißverschluß.

Ich küßte ihn auf den Scheitel und ging nach Hause. Ich wollte an gar nichts denken. Ich wollte mich nur um meine Katzen kümmern, die Wohnung saubermachen, mich bei Mrs. Oshrin bedanken und ihr sagen, daß ich nächste Woche ihre Dienste wieder ein oder zwei Tage benötigen würde. Eine Catsitterin, die für ihre eigenen Katzen eine Catsitterin braucht, ist eine echte Zumutung.

Ich hörte meinen Anrufbeantworter ab. Sonny hatte immer wieder angerufen, doch die Intensität seiner Bitten um Vergebung nahm ab. Er würde nicht mehr sehr oft anrufen, das wußte ich.

Aber meine Agentin hatte mich während meiner Abwesenheit sechs Mal verzweifelt zu erreichen versucht.

Ich rief sie an. Sie war ganz verzückt. Brian Watts hatte sich mit ihr in Verbindung gesetzt. Ich hatte die Rolle. Er würde in der ersten Juliwoche mit dem Vertrag nach New York kommen. Die Dreharbeiten würden wahrscheinlich Ende Oktober beginnen. Gut. Vielen Dank. Wir bleiben in Kontakt. Und das war auch schon mein Anruf. Das bedeutete Geld, wahrscheinlich mehr Geld, als ich je gesehen hatte. Es bedeutete – vielleicht – einen Durchbruch, eine Flut gutbezahlter Filmrollen. Es war mir egal. Ich wollte bloß schlafen, mit meinen Katzen reden, nicht an Sonny denken und mich auf Dan Wus Kochkurs vorbereiten.

Am Freitagmorgen traf ich mich mit Tony wie geplant vor seinem Hotel in der East 51st Street. Wir fuhren mit dem Taxi in die Upper East Side.

Als Tony sah, daß uns das Taxi vor dem Gebäude der ASPCA, des Vereins gegen Grausamkeit zu Tieren, abgesetzt hatte, war er verblüfft. »Ich dachte, wir holen Dan Wus Katze«, sagte er.

»Dan Wu hat gar keine Katze«, gestand ich. »Ich möchte, daß du hineingehst und dir eine Katze oder ein Kätzchen nimmst. Wir werden ihr ein sehr gutes Zuhause geben.«

»Kommst du nicht mit hinein?«

»Nein, Tony, ich schaffe das nicht. Ich war nicht mehr im Tierheim, seit ich Pancho geholt habe. Ich will nicht wieder hineingehen. Ich will diese ganzen herrenlosen Tiere nicht sehen.«

»Was brauche ich da?« fragte er.

»Gar nichts. Nur einen Ausweis. Und Geld für die Impfungen. Und ein gutes Herz.«

»Aber was für eine Katze willst du?«

»Nimm die, die deiner Meinung nach ein gutes Zuhause am dringensten braucht.«

»Danke«, sagte er sarkastisch und ging hinein.

Zehn Minuten später kam er ohne Katze heraus.

»Was gibt es für ein Problem?« fragte ich.

»Ich kann mich nicht entscheiden.«

»Warum nicht?«

»Nun, wenn es so leicht ist, geh *du* hinein und versuch's.«

»Ich habe dir gesagt, ich kann da nicht hineingehen.«

»Okay, okay ...« Wütend vor sich hin murmelnd verschwand er wieder.

Zwanzig Minuten später kam er mit einem großen Tragkarton heraus.

Sein Gesicht war blaß. Er sah aus, als hätte er Angst. Was immer in dem Karton war, es fauchte und schlug seine Krallen in den Karton und schüttelte ihn hin und her wie einen Wabbelpudding.

Einen halben Häuserblock weit gingen wir miteinander: Tony, ich und die Wildkatze in dem Karton – bis Tony nicht mehr weiterkonnte.

»Stell den Karton ab und entspanne dich«, sagte ich.

Er befolgte meine Anweisungen und wirkte sehr erleichtert. »Ich hatte schon so ein Gefühl, Rowdy wäre eine Nummer zu groß.«

»Rowdy? Wer ist Rowdy?«

»Der Kater in dem Karton«, sagte Tony.

»Was für ein doofer Name für eine Katze«, antwortete ich.

»Nicht, wenn du ihn dir einmal ansiehst«, erklärte Tony.

Auf dem Erdboden beruhigte sich der Kater allmählich. Zumindest versuchte er nicht mehr, den Karton zu zerfetzen.

Ich kauerte mich neben den Karton, um durch die Luftlöcher zu schauen.

Das zornigste Augenpaar, das ich je gesehen hatte, starrte mich böse an.

»Komm, Rowdy«, gurrte ich, »beruhige dich. Denk

daran, Gott liebt dich, Tante Alice liebt dich, und sogar Onkel Tony liebt dich.«

Das Versprechen ewiger Liebe hatte nur zur Folge, daß Rowdy erneut wie verrückt die Krallen in den Karton schlug.

Ich sah jetzt, warum ihn Tony Rowdy genannt hatte. Er war ein sehr kräftiger, untersetzter, schmutzigweißer Streuner, der keinen Hals hatte, ein Drittel eines Ohrs verloren hatte und mit Narben übersät war. Sein Fell war sehr kurz. Sein Schwanz war sehr dick.

Er war sehr zornig; zu zornig, um zu merken, daß wir ihm das Leben gerettet hatten. Ich war drauf und dran, Tony Vorwürfe zu machen, weil er kein kleines Kätzchen genommen hatte, aber dann hielt ich den Mund. Schließlich hatte ich mich geweigert, selbst eine Katze auszusuchen. Und stand es mir denn zu, zu sagen, daß Rowdy es nicht verdiente, den Rest seines Leben in Ruhe und Frieden zu verbringen, nur weil er ein wenig alt, mehr als nur ein wenig häßlich und ein wenig ungesellig war?

Wir fuhren mit dem Taxi zurück, und sobald wir vor dem Hotel auf der Straße standen, geriet Tony in Panik. »Wie soll ich denn diesen Kater da hineinbringen? Hier sind keine Haustiere erlaubt... gar keine. Nicht einmal Schildkröten.«

»Beruhige dich, Tony«, sagte ich. »Ich zeige es dir gleich. Aber zuerst ist hier eine Liste der Dinge, die du für Rowdy brauchst.« Ich steckte ihm ein Blatt Papier in die Tasche. »Und jetzt«, befahl ich, »stell den Tragkarton ab und zieh deine Jacke aus.« Er tat es. »Jetzt heb den Karton auf.« Er tat es. »Und jetzt leg die Jacke über den Karton und geh hinein zum Aufzug. Kein Mensch wird etwas merken.«

Als wir die Eingangshalle durchquerten, warf er mir einen Blick zu, der besagte, daß er meine Anweisungen zwar weiterhin blind befolgen würde, aber nicht mehr frohen Herzens.

Ich ging zurück in meine Wohnung. Ich hoffte, die nächsten paar Tage in Ruhe und Frieden verbringen zu können, bevor ich die Falle zuschnappen ließ.

Doch leider sollte es nicht sein. Tony begann mich etwa alle zwei Stunden aus seinem Hotelzimmer anzurufen. Zuerst wollte Rowdy nicht fressen. Dann stopfte sich Rowdy mit Futter voll. Dann ging Rowdy auf ihn los. Dann schien Rowdy sexuelle Annäherungsversuche zu machen. Und jeder dieser Hilferufe endete mit der Frage: »Was soll ich *tun*?«

Natürlich gab ich ihm bei jeder Krise so gut ich konnte Ratschläge. Natürlich hatte er bloß einen kleineren Nervenzusammenbruch – Tony, meine ich. Rowdy schien es blendend zu gehen.

Und dann war Tony auf einmal von der Angst besessen, die Putzfrau könne Rowdy entdecken. Was sollte er tun? Ich riet ihm, die Putzfrau einfach nicht ins Zimmer zu lassen, bis wir am Dienstagmorgen nach Cape May fuhren. Das war für ihn unakzeptabel, also begann er andere Hotelgäste in seinem Stockwerk anzuwerben und schmiedete mit ihnen ein Komplott, um Rowdy zu verstecken, während die Putzfrau in seinem Zimmer saubermachte.

Würde denn der Dienstag niemals kommen?

# 24

Der Dienstag kam schließlich doch, und wir brachen – zu dritt – sehr zeitig in der Früh in einem Mietauto von New York auf.

Um halb neun standen Tony, Rowdy und ich vor einem strahlenden Reuben Tarnapol im Korridor der Pension ›Zum sanften Falken‹.

»Ist das Dan Wus Katze?« fragte er.

»Ja«, log ich.

»Und wo ist Dan Wu?«

»Er kommt morgen, rechtzeitig zum Kurs«, log ich.

Reuben starrte die untersetzte weiße Katze bewundernd an.

»Sie ist wunderschön«, bemerkte er.

»Das ist ein Männchen«, korrigierte ihn Tony. »Er heißt Rowdy.«

»Ich habe ein Geschenk für dich«, sagte Reuben vergnügt, und es dauerte ein paar Sekunden, bis mir klar wurde, daß er mit »dich« die Katze meinte. Er verschwand in der Küche und kam gleich wieder zurück. Im Gehen machte er ein großes Päckchen auf.

»Schau!« rief er Rowdy zu. Dann hielt Reuben ein großes, extrem stark riechendes Stück rohe Leber hoch, aus dem Blut herausrann.

Rowdy reagierte wie jede Katze mit Selbstachtung.

Zuerst setzte er sich in jener seltsamen, ruhigen Haltung hin, die Katzen einnehmen, bevor sie zu jagen beginnen, als würden sie all ihre Energie sammeln. Er ließ seine Beute nicht aus den Augen, und eines seiner Ohren und sein Schwanz hatten leicht zu zucken begonnen.

Dann bewegte sich Rowdy geduckt vorwärts, als würde er durch Gras kriechen: kräftig, schnell, konzentriert. Schließlich sprang er hoch, riß Reuben das Leberstück aus der Hand und lief damit durch das Wohnzimmer in die Küche.

Wobei er natürlich eine Blutspur hinterließ. Aber das spielte keine Rolle – Reuben war sogar noch begeisterter als Rowdy.

»Das war großartig!« jubelte er. »Aber jetzt muß ich hinaus zu den Vögeln. Also, ich zeige dir schnell, wie ich die Videokameras montiert habe.«

Wir gingen durch das Wohnzimmer in die Küche, wo Rowdy die Leber in Stücke riß. Reuben hatte seine Sache meisterhaft gemacht. Das untere Drittel des vorher offenen Durchgangs zwischen Küche und Vorratsraum war jetzt mit einer Holzplatte verbarrikadiert, und vor den oberen zwei Dritteln hingen Vorhänge. Hinter diesen waren die Videokameras angebracht; ihre Objektive lugten durch die Schlitze im Vorhang in die Küche.

»Du siehst«, erklärte er, »niemand in der Küche kann erkennen, was das für Dinger sind. Es könnten auch Abluftrohre sein. Oder Ausgangsstutzen für eine Klimaanlage. Kein Mensch wird sich weiter darum kümmern.« Er grinste und sagte dann: »Komm mit.« Wir durchquerten wieder das Wohnzimmer, gingen zur Haustür hinaus, um das Haus herum und blieben dann bei der Tür, die von draußen in den Vorratsraum führte, stehen.

»Morgen früh, wenn der Kurs beginnt, gehst du einfach mit diesem Schlüssel hier hinein, schaltest die Kameras ein, gehst durch dieselbe Tür wieder heraus und sperrst hinter dir zu.«

Er schloß die Tür auf, und wir traten ein. Die Kameras waren auf Leitern montiert. Genial. »Schau her. Siehst du die Schaltuhr auf dieser Sprosse? Wenn du mit dem Filmen beginnen willst, drehst du sie ganz nach links.« Ich nickte. Das Ding sah aus wie ein Schalter bei einer Modelleisenbahn.

»Ich mußte meinen ursprünglichen Plan ändern«, sagte er entschuldigend. »Ursprünglich dachte ich, alle vier Kameras könnten hintereinander laufen. Aber ich habe nicht logisch gedacht. Selbst die längsten Kassetten würden nicht ausreichen. Also habe ich sie so aufgebaut, daß jeweils zwei laufen. Sobald du den Schalter betätigst, gehen zwei Kameras an und laufen zwanzig Minuten. Sie schalten sich automatisch ab, und die anderen beginnen aufzunehmen. Dann wieder die ersten beiden. Kapiert? Wenn zwei Kameras gleichzeitig laufen, bekommst du nicht so viel ins Bild wie mit vieren – aber es klappt mit Sicherheit. Sobald wir die Filme haben, können wir sie schneiden und montieren wie wir wollen.«

Er gab mir den Schlüssel und verschwand. Ich sah mir eine Weile die Anordnung der Kameras an, ging dann durch die Hintertür hinaus und durch die Vordertür wieder ins Haus. Tony war am Weggehen. Er wolle das Dorf erkunden, sagte er.

Ich war mit Rowdy allein im Haus. Als ich daran dachte, daß ihn Reuben »wunderschön« genannt hatte, mußte ich schmunzeln. Ich liebe alle Katzen, und ich liebte Rowdy wirklich, aber nur ein Ex-Schauspieler, der gerne ein fernöstlicher Mystiker gewesen wäre und jetzt Vogelbeobachter war, konnte Rowdy als wunderschön bezeichnen.

Offenbar hatten alle drei Lokalzeitungen meine fingierte Presseinformation übernommen und in ihren Sonntagsausgaben veröffentlicht, denn um zehn Uhr begann das Telefon zu klingeln – lauter überaus interessierte Gourmets riefen an, die Dan Wus Kochkurs am nächsten Tag besuchen wollten.

Ich teilte jedem Anrufer dasselbe mit: »Dan Wu bedauert, aber er muß den Kurs aus privaten Gründen absagen.«

Nach dem Aufstöhnen am anderen Ende der Leitung zu schließen, schien das für alle Beteiligten eine große Enttäuschung zu sein. Als Reuben und Tony von ihren Ausflügen zurückkehrten, riefen nicht mehr so viele Leute an. Um mein Geheimnis zu wahren, sagte ich allen anderen Anrufern, daß der Kurs bereits voll belegt sei. Reuben und Tony waren sehr beeindruckt.

Am Abend lud ich die beiden zum Essen ein. Wir gingen in ein kleines Grillrestaurant direkt am Meer. Das Essen war furchtbar, aber es gab eine tolle Jukebox. Tony wollte anscheinend bloß Brandy trinken und Muscheln mit Unmengen Meerrettich essen. Reuben verschlang unzählige gebackene Zwiebelringe und trank dazu ein Glas Weißwein nach dem anderen. Er war wirklich ein sehr merkwürdiger fernöstlicher Mystiker.

Als wir schließlich zur Pension zurückkamen, wurden meine beiden Gefährten von den Folgen ihres Zechgelages übermannt, und sie gingen sofort schlafen. Es lief wie geschmiert.

Ich ging gegen zehn in mein Zimmer, setzte mich voll bekleidet auf das Bett und starrte auf das Ziffernblatt meines Reiseweckers.

Die Falle war gut gestellt. Ich war zuversichtlich. Doch jetzt wurde ich zum ersten Mal nervös. Ich wußte, *sie* würden in dieser Nacht kommen. Aber wußte ich wirklich, wer *sie* waren? Ich konnte mir ziemlich gut vorstellen, aus welchem Grund sie kommen würden. Aber wußte ich wirklich, was sie tun würden ... wozu sie fähig waren? Hatte ich mir vielleicht in Wirklichkeit selbst eine Falle gestellt?

Um elf Uhr ging ich leise nach unten. Ich schaltete ein kleines Licht im Wohnzimmer ein und eines in der Küche. Wenn jemand ins Haus eindringen würde, würde er das für die normale Nachtbeleuchtung halten – und es würde genug Licht für die Aufnahmen der Videokameras vorhanden sein.

Dann schlüpfte ich durch die Eingangstür hinaus und ging um das Haus herum. Ich lächelte, als ich sah, daß alle Fenster im Erdgeschoß des Hauses halb offen standen. Offenbar machen die Leute in Cape May im Frühling die Fenster nicht zu. Das war sehr gut. So brauchte man beim Einbrechen keine Gewalt anzuwenden.

Ich schloß den Vorratsraum von außen auf, suchte den Schalter für die Videokameras und knipste ihn an. Dann sperrte ich die Tür wieder zu, ging nach vorn, durch die Eingangstür hinein und die Treppe hinauf.

Ich verspürte ein Kribbeln im Nacken. Außerdem merkte ich, daß mir ein wenig übel wurde, wie immer, bevor es losging.

Ich legte mein Ohr an Reubens Tür. Er schnarchte laut. Den würde nichts aufwecken.

Dann öffnete ich die Tür von Tonys Schlafzimmer, trat rasch ein und schloß die Tür hinter mir. Er schlief, aber er hat stets einen leichten Schlaf. Ich sah, daß sich Rowdy neben dem Bett zusammengerollt hatte. Das Mondlicht fiel auf eine Stelle zwischen dem Bett und der Katze.

»Tony!« flüsterte ich nachdrücklich.

Er war sofort wach und schaltete das kleine Licht neben dem Bett ein. Er war benommen. »Was ist los?«

»Nichts.« Ich setzte mich neben ihn auf das Bett. »Ich muß nur eine Minute mit dir reden.«

Er richtete sich auf. »Klar. Rede.«

»Es wird morgen keinen Kochkurs mit Dan Wu geben, Tony. Es wird überhaupt keinen Kochkurs geben.«

»Warum nicht?«

»Es ist alles nur Schwindel. Die Presseinformation, alles. Es ist eine Falle, Tony.«

»Für wen?«

»Das wirst du bald erfahren, Tony. Irgend jemand wird heute nacht in dieses Haus einbrechen.«

»Bist du sicher?«

»Ich nehme an, es wird irgendwann zwischen Mitternacht und Tagesanbruch geschehen.«

»Wirst du die Polizei rufen?«

»Nein, Tony. Für uns besteht keine Gefahr. Man muß sie in Ruhe lassen, sie dürfen nicht gestört werden. Die Videokameras werden sie ohne ihr Wissen filmen.«

»Ich hoffe, du weißt, was du da tust, Alice.«

»Tony, es ist sehr wichtig, daß sie nicht gestört werden ... daß diese Geschichte ihren natürlichen Lauf nimmt. Verstehst du? Und es wird uns beiden sehr schwerfallen, in unseren Betten zu liegen und zu wissen, daß die Falle gestellt ist, und dabei auf die ersten Geräusche zu warten, die verraten, daß jemand ins Haus eindringt. Es wäre besser, wenn wir beide schliefen.«

»Nun, ich werde versuchen wieder einzuschlafen, aber du mußt mir ein paar Minuten Zeit lassen«, sagte er lachend.

Dann küßte er mich leidenschaftlich auf den Hals und

flüsterte: »So eine schöne Frau, aber meiner Mutter so ähnlich. Sie hat mir immer gesagt, wenn ich nicht einschliefe, würde der Weihnachtsmann nicht kommen.«

Ich stand auf und lächelte ihn an.

»Noch etwas, Tony. Ich hätte gerne, daß Rowdy unten schläft.«

»Aber du hast doch gesagt, daß heute nacht hier eingebrochen wird. Ich will nicht, daß ihm etwas passiert.«

»Glaube mir, Tony. Rowdy wird nichts Böses geschehen.«

Ich machte die Tür weit auf, und Rowdy flitzte hinaus. Er würde natürlich in die Küche hinunterlaufen, wo es immer so gut roch, und wo all diese kühlen Fliesen auf ihn warteten.

Ich ging zurück in mein Zimmer und stellte meinen Wecker auf sechs Uhr. Dann legte ich mich nieder und überlegte, wie lange ich wohl brauchen würde, bis ich einschlief.

Das nächste, woran ich mich erinnere, war, daß der winzige Wecker in mein Ohr summte wie eine wütende Biene. Ich schaltete ihn aus und spähte verschlafen durch das kleine Fenster.

Ja, es war fast Morgen. Der Himmel war eine schwarzgoldene Suppe.

Ich lief schnell in Tonys Zimmer und weckte ihn. Er war in Windeseile angezogen – wenn man davon absah, daß er seine Schuhe nicht zuband.

Langsam gingen wir gemeinsam die Treppe hinunter. Es war gespenstisch. Das einzige Geräusch im ganzen Haus war das leise Knirschen unserer Füße auf den Stufen.

Am unteren Ende der Treppe angekommen, spähte Tony ins Wohnzimmer und ins Eßzimmer.

»Es scheint alles in Ordnung zu sein«, flüsterte er.

»Die Küche, Tony. Wir müssen in die Küche gehen.«

»Das ist ja wie am Weihnachtsmorgen«, flüsterte Tony leise kichernd.

Als wir das große Küchenlicht einschalteten, blieb ihm das Lachen in der Kehle stecken.

»Mein Gott!« rief er und packte mich am Arm.

Wir starrten beide auf die Orgie aus leuchtender roter und grüner Farbe, die kreuz und quer in der Küche versprüht worden war – auf die Wände, die Decke, den Fußboden, die Schränke und den großen Herd.

»Wer war heute nacht hier? Was für Verrückte waren das?«

»Das sind keine Verrückten, Tony. Sie haben sich nur im Schönschreiben geübt.«

»Im Schönschreiben?«

»Ja. Was du hier siehst, ist eine Reihe von Variationen des chinesischen Schriftzeichens für Suppe.«

Tony schien mir nicht mehr zuzuhören. Er begann aufgebracht in der Küche herumzulaufen, hin und her. »Wo ist Rowdy? Was ist mit meiner Katze passiert?«

»Er ist weg, Tony.«

»Weg? *Weg?*« Er schäumte. »Du hast ihn gestern nacht aus meinem Zimmer hinausgelassen, und du hast mir gesagt, es würde ihm nichts passieren! Du hast gesagt, er sei sicher!«

»Beruhige dich, Tony. Unsere Besucher haben ihn mitgenommen. Du brauchst dir keine Sorgen zu machen. Glaube mir, unsere Besucher lieben Katzen. Dein Freund Rowdy wird ein luxuriöseres neues Zuhause bekommen, als er sich je erträumt hat. Dort gibt es viele andere Katzen. Viele Feldmäuse. Und wenn er will, viel Liebe.«

Tony warf verwirrt die Hände in die Höhe. Er schüttelte den Kopf. Er setzte sich hin und stand wieder auf. Er ging in der Küche im Kreis und blieb dann stehen. »Was wird sich der arme Reuben denken, wenn er das sieht?« fragte er schließlich.

Aus irgendeinem Grund mußte ich bei dieser Frage lachen; ich konnte gar nicht mehr aufhören.

## 25

Es war elf Uhr vormittag. Wohl kaum die Stunde der schwarzen Magie, aber aus irgendeinem Grund hatte ich mich ganz schwarz angezogen, wie eine trauernde Witwe, und einen kleinen schwarzen Hut mit einem kurzen Schleier aufgesetzt. Ich wartete vor Dan Wus Gebäude in der West 23rd Street auf Detective Rothwax.

Rothwax war bereits zehn Minuten überfällig, doch ich hatte nichts anderes erwartet. Eigentlich hatte er sich überhaupt nicht mit mir treffen wollen. Er schien mir die Schuld für irgendwelche emotionalen Probleme zu geben, unter denen sein eurasischer Stardetektiv zur Zeit litt. Am Telefon war er sehr kurz angebunden und unhöflich gewesen. Gott weiß, was ihm Sonny über mich erzählt hatte ... über uns.

Erst als ich ihm sagte, ich könne ihm den Mörder der Serviererin in Dan Wus Restaurant liefern, würde diese Information aber genauso gerne der Polizei in meinem Viertel übergeben, wenn ihm das lieber sei ... erst da willigte er ein, sich mit mir zu treffen.

Er kam zwanzig Minuten zu spät, barsch und ohne ein Wort der Entschuldigung.

»Ich hoffe, Ihre Informationen sind gut, Katzenfrau«, sagte er drohend.

Ich lächelte ihn freundlich an und ging mit ihm ins Haus, hinauf zu Dan Wus Büroräumen. Ich hatte telefonisch einen Termin vereinbart und wußte daher, daß uns Wu erwartete ... obwohl er nicht wußte, warum.

Lächelnd und liebenswürdig saß der berühmte Küchenchef hinter seinem eleganten Schreibtisch. Er trug ein schwarzes Seidenhemd und eine hellbraune Hose.

Ich stellte ihn Detective Rothwax vor. Wus Augen verengten sich kaum merklich. Er wußte, daß Rothwax Sonny Hovings Vorgesetzter war, und Sonny hatte unermüdlich, wenn auch bisher vergeblich, versucht, Wu zu schnappen.

Rothwax und ich nahmen auf den Stühlen vor dem Schreibtisch Platz. Mit einer dramatischen Geste legte ich Dan Wus Kochbuch und eine Videokassette auf den leeren Schreibtisch. Wu schwieg und lächelte weiter. Rothwax begann sich auf seinem Stuhl zu winden, also sagte ich mit klarer Stimme, fast belehrend zu ihm: »Ich habe Sie hierhergebracht, weil Dan Wu weiß, wer die Schießerei in seinem Restaurant inszeniert hat und warum. Ich glaube, er wird es Ihnen jetzt sagen.«

Wir wandten uns beide Wu zu. Das Lächeln war aus seinem Gesicht gewichen, und er saß mit hängenden Schultern da. Er schwieg.

Ich fuhr fort: »Mr. Wu hat nichts Strafbares getan, außer, daß er die Leute, die herumgeschossen haben, schützte. Er glaubt, daß die Serviererin erschossen wurde, sei ein tragischer Irrtum. Und er hat eine starke emotionale Beziehung zu den Tätern. Deshalb hat er sein Schweigen nicht gebrochen.« Ich hielt inne und wartete. Erneut keine Antwort. »Habe ich recht, Mr. Wu?«

Der berühmte Küchenchef lächelte wieder. »Ich weiß nicht, wovon Sie sprechen, Miss Nestleton.«

»Haben Sie hier einen Videorecorder?« fragte ich.

»Natürlich«, antwortete er.

»Dürfen wir ihn benutzen?«

Dann Wu sah zuerst mich an, dann Rothwax und dann die Gegenstände, die ich auf den Tisch gelegt hatte. Er stand auf, entschuldigte sich und ging hinaus. Gleich darauf kam er mit einem Mitarbeiter wieder, der einen kleinen Transportwagen hereinschob, auf dem ein Sony Farbfernseher samt Videorecorder stand. Der Mitarbeiter setzte das Gerät in Gang und verschwand wieder.

Ohne um Erlaubnis zu fragen, zog ich die Jalousien der beiden großen Fenster zu und legte die Kassette ein.

Ich sagte zu Rothwax: »Vor ein paar Tagen habe ich an drei Tageszeitungen im Süden von New Jersey eine fingierte Presseinformation geschickt. Darin stand, daß Dan Wu in einer Pension in Cape May einen Eintageskurs über die vegetarische chinesische Küche abhalten würde. In der Nacht, bevor der Kurs angeblich stattfinden sollte, brachen um etwa drei Uhr früh vier Männer in das Haus ein. Sie wurden ohne ihr Wissen von Videokameras gefilmt.«

Dann spielte ich das Band ab. Das Bild war unruhig und dunkel. Die einzelnen Sequenzen waren zusammengeschnitten worden. Aber die Aufnahme erzählte eine zusammenhängende Geschichte.

Vier Männer standen in der Küche und sprachen leise chinesisch miteinander. Drei waren jung. Einer war alt – sehr alt.

Die drei jungen Männer zogen etwas aus ihren Taschen. Keine Waffen – Spraydosen. Dann begannen sie die ganze Küche mit einer Art manischer Energie mit Farbe zu besprühen.

»Was zum Teufel tun sie da?« fragte Rothwax ungläubig.

Als die Spraymuster klar ins Bild kamen, hielt ich den Film an.

»Sehen Sie es sich genau an, Detective Rothwax.«

Rothwax stand auf und ging zum Bildschirm, um die seltsamen Zeichen zu studieren.

»Kommen sie Ihnen bekannt vor?« fragte ich.

»Ja, doch«, sagte er.

Ich warf einen Blick auf Dan Wu. Er hatte die Arme über der Brust verschränkt, als sei ihm plötzlich kalt geworden. Ausdruckslos starrte er auf den Bildschirm.

»Verdammt!« rief Rothwax plötzlich. Mit triumphierender Miene drehte er sich zu mir um. »Das ist dasselbe Schriftzeichen, das in der Mordnacht auf der Wand des Restaurants hinterlassen wurde!«

»Stimmt«, bestätigte ich ihm. »Es ist das chinesische Zeichen für Suppe. Und die drei jungen Männer mit den Spraydosen sind dieselben jungen Chinesen, die das Restaurant zerschossen haben. Ich bin sicher, Sie finden Zeugen, die das bestätigen können.«

Ich ließ den Film weiterlaufen und hielt ihn wieder an, als der alte Mann deutlich zu sehen war. Er hielt Rowdy zärtlich im Arm.

»Dieser Mann ist Ch'in Shih«, sagte ich. Dann ging ich zum Schreibtisch und nahm *Fünf Geschmacksrichtungen* in die Hand, hielt es Rothwax vor die Nase und sagte: »Wenn Sie sich die Zeit genommen hätten, Dan Wus Buch zu lesen, Detective Rothwax, dann würden Sie den Namen kennen.«

Ich ließ den Film weiterlaufen, aber plötzlich rief Dan Wu: »Abschalten! Abschalten!« Ich tat es.

Er stand jetzt mit wildem Blick hinter seinem Schreibtisch.

»Kennen Sie den alten Mann auf dem Videofilm?« fragte ihn Rothwax.

»Ja. Er ist mein Meister. Aber er ist alt und senil. Er wußte nicht, was er tat. Sie wollten dieses Mädchen nicht töten. Ich schwöre es.«

Langsam setzte sich Dan Wu nieder. Sein Gesicht war schweißgebadet.

»Was meinen Sie mit ›Meister‹?« fragte Rothwax.

»Vor vielen Jahren war Ch'in Shih einer der ganz großen Küchenchefs von Hongkong. Er nahm mich als Kind auf und lehrte mich alles, was er wußte. Er kümmerte sich um mich wie ein Vater. Aber er wurde des Kochens überdrüssig. Er war ein Mann des Geistes ... des Tao. Also reisten wir beide nach Amerika, und er kaufte eine kleine Farm, wo er einfach und erdnah leben konnte, wie er es wünschte.«

Wu wischte sich mit dem Saum seines Seidenhemdes den Schweiß vom Gesicht. Dann fuhr er fort.

»Mir wurde das Leben auf der Farm langweilig. Ich war ehrgeizig. Also ging ich in die große Stadt und wurde ein berühmter Koch. Wir standen uns auch weiterhin sehr nahe. Wir sprachen ständig miteinander. Er half auch anderen jungen Chinesen; es gab stets Waisenkinder oder illegale Einwanderer, um die er sich kümmerte.

Und dann beschloß ich, ein Restaurant zu eröffnen. Er gab mir seinen Segen. Er brachte mir sogar eine seiner Katzen, eine schöne Katze, denn es ist Tradition, einem neuen Restaurant eine Katze zu schenken, um die

Harmonie zu erhöhen. Was ist ein Restaurant ohne Küchenkatze? Wer soll die Lebensmittel vor den Mäusen schützen?

Erst nach der Eröffnung des Restaurants wurde ihm klar, daß es ein *vegetarisches* Restaurant sein würde. Er war tief gekränkt. Er war ein großer Koch, und er glaubte, daß es unrecht sei, sich auf nur eine Art von Speisen zu konzentrieren. Er glaubte, daß man zu jeder Mahlzeit Fleisch und Getreide und Gemüse servieren müsse. Er glaubte, sich auf eine einseitige Ernährung zu konzentrieren, sei eine Blasphemie gegenüber dem Tao ... dem Mittelweg. Er glaubte, daß es keine Harmonie zwischen dem Menschen und der Erde geben könne, wenn nur vegetarisches Essen serviert wird. Zuerst nahm ich ihn nicht ernst und dachte, er würde seine gegnerische Haltung aufgeben. Ich erklärte ihm, daß das bloß eine Modeerscheinung sei, daß es nur eine Möglichkeit für mich sei, genug Geld zu verdienen, um ein traditionelleres Restaurant aufzumachen. Und außerdem, sagte ich ihm, wollten die Amerikaner jetzt so etwas ... die Amerikaner hielten Gemüse für besonders gesund.

Doch das Alter hatte seinen Geist beeinträchtigt. Er wurde verbittert und rachsüchtig. Ich brach den Kontakt mit ihm ab, weil er über meine Speisekarte schimpfte. Er schrieb das chinesische Zeichen für Suppe auf meine Speisekarte und zerriß sie. Denn Suppe ist die harmonischste aller Speisen, und ich hatte mich gegen die Harmonie versündigt. Aber ich hielt das für die Drohung eines hilflosen alten Mannes.«

Wu vergrub einen Augenblick lang sein Gesicht in den Händen. Dann blickte er auf.

»Glauben Sie mir! Sie wollten dieses Mädchen nicht

erschießen. Sie wollten mir nur Angst einjagen. Mir die spirituellen Gefahren zeigen, die drohten, wenn ich weitermachte. Deshalb nahmen seine jungen Schützlinge die Küchenkatze mit – die Katze, die er mir selbst geschenkt hatte. Seiner Meinung nach konnte die Katze nicht mehr an einem so unharmonischen Ort bleiben. Er ist ein alter Mann, der verrückt geworden ist. Aber er wollte niemandem weh tun. Als ich ein Kind war, schalt er mich schon, wenn ich auch nur einer Fliege was zuleide tat.«

Wu verstummte. Er war erschöpft, ausgelaugt. Rothwax schüttelte die ganze Zeit ungläubig den Kopf. Ich konnte es ihm nachfühlen. Es war schwer zu akzeptieren, daß ein Mädchen wegen einer »unharmonischen« Speisekarte gestorben war. Aber das war sie – so lautete die traurige und verblüffende Wahrheit.

Rothwax seufzte, nahm das Telefon und wählte. Als er zu sprechen begann, versteifte ich mich. Er sprach mit Sonny Hoving. Aber er sagte nur: »Ich bin bei Dan Wu. Mach, daß du schnell herkommst. Und bring einen Kassettenrecorder mit. Mr. Wu will eine Aussage machen.«

»Das Videoband gehört Ihnen, Detective Rothwax«, sagte ich, stand auf und wollte den Raum verlassen.

»Wohin gehen Sie? Wozu die Eile?«

»Die Katzenfrau hat Wichtigeres zu tun«, sagte ich.

Ich sah, daß mir Wu einen Blick zuwarf. In seinen Augen war Zorn. Als hätte ich gegen das Tao verstoßen.

Ich war bereits auf der Straße, als mir einfiel, daß ich die *Fünf Geschmacksrichtungen* auf Dan Wus Schreibtisch liegengelassen hatte. Ich wollte nicht zurückgehen, um das Buch zu holen. Und überhaupt wußte ich, daß ich jetzt eine Zeitlang nicht mehr chinesisch essen wollte, und ich hatte es eilig, mich mit Basillio zu treffen und ihm zu sagen, was ich ihm in Cape May vergessen hatte zu erzählen: daß ich bald ein Filmstar sein würde.

Natürlich wußte ich ihm genau, was er mir antworten würde: »Nun, Schwedenmädel, es wird aber auch Zeit, daß du dich mal anständig verkaufst. Wir könnten beide ein Paar neue Schuhe brauchen.«

Auf dem Weg zu unserem vereinbarten Treffpunkt – einer Bäckerei mit Café auf der 21st Street östlich des Broadway – kam mir plötzlich der Gedanke, daß ich vorher noch woanders hinfahren mußte. Ich mußte die Mutter von Nancy Han besuchen und ihr sagen, daß noch an diesem Tag jener wahnsinnige taoistische Schlägertrupp, bestehend aus Ch'in Shih und seinen harmonischen Maschinengewehrschützen hinter Gittern sein und des Mordes an ihrer Tochter angeklagt werden würde.

Das war das mindeste, was ich tun konnte. Tony konnte warten. Er würde Croissants mit Aprikosenmarmelade essen. Er würde Geduld haben.

Ich winkte ein Taxi heran.

## 26

Mrs. Han ließ die Kette an der Innenseite der Tür und schaute mich durch den Spalt prüfend an. Es schien eine Ewigkeit zu dauern, bis sie sich erinnerte, wer ich war – die Frau, die die persönlichen Sachen ihrer Tochter gebracht und soviel Aufhebens um ihre Katze gemacht hatte.

Dann nickte sie, nahm die Kette ab und sagte in überaus höflichem Tonfall zu mir: »Das beste wäre, Sie würden vorher anrufen. Ich bin oft am Nachmittag nicht zu Hause, und dann kämen Sie umsonst her.«

Ich entschuldigte mich. Sie nahm meine Entschuldigung freundlich an und bat mich hinein, wieder zu den beiden einander gegenüberstehenden Stühlen mit den geraden Rückenlehnen.

Millie lag zufrieden in einer Ecke des Zimmers und beobachtete mich. Mir traten Tränen in die Augen. Ich hatte zum ersten Mal Gelegenheit, sie in aller Ruhe wirklich anzusehen und ihre Ähnlichkeit mit Großmutters Henrietta festzustellen. Und die war erstaunlich, wenn mich meine Kindheitserinnerungen nicht trügten.

Ich setzte mich, und wie beim ersten Mal fragte sie mich, ob ich Tee wolle. Ich lehnte ab.

Mrs. Han faltete die Hände und wartete. Sie setzte sich nicht. An ihrem verschwollenen Gesicht sah ich, daß ihr Kummer noch nicht vorbei war. Vielleicht würde er nie ganz vergehen.

»Mrs. Han, die Männer, die Ihre Tochter ermordet haben, werden der Gerechtigkeit zugeführt. Die Polizei weiß jetzt, wer sie sind. Dan Wu, der Besitzer des Restaurants, in dem Ihre Tochter gearbeitet hat, hat sie identifiziert.«

Sie gab keine Antwort.

»Ich weiß, daß nichts den Schmerz über den Tod Ihrer Tochter lindern kann. Es war eine furchtbare Geschichte. Es hätte jeden erwischen können. Die Kugeln flogen durch den ganzen Raum. Sie wollten sie nicht töten. Aber sie sind Mörder, und sie verdienen die Strafe, die sie bekommen werden.«

Jetzt setzte sie sich auf den Stuhl, und Tränen begannen ihr übers Gesicht zu laufen. Ich erzählte ihr alles. Ich erzählte ihr, was in Dan Wus Büro vorgefallen war: daß ich den Videofilm vorgeführt hatte; was Rothwax dazu gesagt hatte; daß Wu schließlich gestanden hatte, daß er wußte, wer für die Schießerei im Restaurant verantwortlich war und was der Grund dafür war; daß Wu beschlossen hatte, seinen Guru nicht mehr zu decken.

Ich sagte ihr, daß dieser verrückte alte Ch'in Shih zu Gewalt gegriffen hatte, nur weil ein ehrgeiziger Schüler, der nichts Böses im Sinn hatte, gegen einen uralten Kochgrundsatz verstoßen hatte.

Ich erzählte Nancy Hans Mutter alles, und je mehr ich redete, desto mehr hatte ich das Gefühl, etwas Gutes zu tun ... dieser Frau Trost zu spenden. Zumindest würde sie jetzt die Ereignisse verstehen, die zu dieser Tragödie geführt hatten. Es würde den Schmerz nicht lindern, aber ...

Plötzlich flitzte Millie durch das Zimmer und sprang leichtfüßig auf Mrs. Hans Schoß. Ich lächelte. Mrs. Han streichelte Millie mit einer Hand.

Ich sollte jetzt gehen, dachte ich. Ich habe getan, was ich tun mußte. Ich wollte aufstehen, doch Mrs. Han gab mir mit einer fast unmerklichen Handbewegung zu verstehen, daß ich sitzenbleiben solle.

Ich wartete.

Dann sagte sie mit sanfter Stimme: »Was für eine Närrin Sie doch sind.«

Ihre Worte erschreckten mich derart, daß ich nichts weiter hinausbrachte als: »Wie bitte?«

»Glauben Sie wirklich all den Unsinn, den Sie mir erzählt haben?«

»Ich habe Ihnen die Wahrheit gesagt, Mrs. Han. Sie können sich davon überzeugen, indem Sie Detective

Rothwax von der New Yorker Polizei fragen. Er ist im Augenblick in Dan Wus Büro.«

»Sie Närrin«, wiederholte sie. Dann sagte sie es noch einmal mit lauterer Stimme.

Dann schrie sie so kraftvoll und haßerfüllt *»Sie Närrin!«*, daß Millie von ihrem Schoß floh und ans andere Ende des Zimmers lief und ich mich im wahrsten Sinne des Wortes auf meinem Stuhl duckte.

Sie stand auf, ging zu einem schönen Schrank, öffnete ihn und kam mit einem kleinen Gegenstand in der Hand zurück.

Es war eine Waffe.

Eine häßliche, versilberte Derringer.

Ich fühlte mich absolut hilflos. Ich hatte Angst. War verwirrt.

Mrs. Han setzte mir die Pistole an den Kopf. Ihr Gesicht war jetzt beherrscht, fast gelassen.

»Narren wie Sie sollten sterben«, sagte sie.

Ich hätte gerne gebetet. Ich versuchte mich an einen bestimmten Psalm zu erinnern, aber das einzige, was mir einfiel, war »Er führet mich zum frischen Wasser.«

Dann sagte Mrs. Han: »Gehen Sie!« Sie trat beiseite. Ich lief aus der Wohnung hinaus und die Treppe hinunter und hörte nicht auf zu laufen, bis ich etwa dreißig Meter von der Eingangstür entfernt war.

Auf der anderen Straßenseite stand eine Telefonzelle. Ich ging hinüber und begann nach Kleingeld zu kramen, obwohl ich nicht die leiseste Ahnung hatte, wen ich anrufen wollte oder warum.

Allmählich ließ meine Angst nach. Aber ich konnte nicht verstehen, was passiert war, und wußte auch nicht, was ich jetzt tun sollte.

Dann kam Mrs. Han aus dem Haus.

Ich trat einen Schritt zurück, so daß mich die Telefonzelle vor ihrem Blick verbarg.

Aber sie schaute sich gar nicht nach mir um.

Sie blieb einen Augenblick stehen und sprach mit sich selbst. Sie war offensichtlich verstört und sah aus wie eine Insassin einer psychiatrischen Klinik auf Urlaub.

Sie begann in Richtung Norden zu gehen. Eine Hand hatte sie in die Tasche gesteckt. Sie trug keine Handtasche.

Ich wußte, daß in ihrer Tasche diese häßliche kleine Derringer war. Und ich hatte den schrecklichen Verdacht, daß sie sich aufmachte, Dan Wu zu töten.

Ich weiß nicht, warum ich das dachte, aber ich hatte das starke Gefühl ... ich spürte es. Es hatte etwas damit zu tun, daß sie mich eine Närrin genannt hatte.

Sie ging jetzt nach Westen. Ich folgte ihr. Als sie zum Broadway kam, bog sie Richtung Norden ab. Ich ebenfalls. Sie schien Zwiesprache mit sich selbst zu halten und blieb immer wieder mitten auf der Straße stehen. Ab und zu starrte sie sich selbst in den Schaufensterscheiben an, doch nie nahm sie die Hand aus der Tasche.

Einen Augenblick lang zweifelte ich an meinem ursprünglichen Gefühl – daß sie Dan Wu umbringen wollte. Schließlich ist es ein sehr langer Fußmarsch von der unteren Spitze Manhattans zur 23rd Street – ein wirklich sehr langer Fußmarsch.

Doch Mrs. Han ging immer weiter. Und ich sah, daß ihr wieder Tränen über das Gesicht liefen. Dann begann sie schneller zu gehen.

Ich konnte es mir nicht leisten, noch länger zu warten. Ich blieb bei einem Telefonautomaten stehen und wählte die Nummer von Dan Wus Büro. Sonny Hoving meldete sich. Im Hintergrund konnte ich hören, wie Rothwax jemanden anbrüllte.

»Sonny, hier ist Alice. Nancy Hans Mutter ist durchgedreht. Sie hat mich mit einer Pistole bedroht. Jetzt geht sie zu Fuß Richtung Norden, und ich habe das Gefühl, sie hat vor, Dan Wu umzubringen.«

»Beruhige dich, Alice«, sagte er. Ich hatte nicht einmal gemerkt, daß ich aufgeregt war. »Hör zu, Alice. Halte dich nur von ihr fern. In der ganzen Straße und im Haus wimmelt es von Polizisten. Mach dir keine Sorgen. Wenn sie hier auftaucht, nehmen wir sie in Gewahrsam. Du hältst dich in sicherem Abstand, okay?«

Ich legte auf. Wir waren im Rathausviertel, wo ein lebhaftes Treiben herrschte, und es fiel mir schwer, Mrs. Han nicht aus den Augen zu verlieren. Doch als wir weiter Richtung Norden gingen, waren eine Zeitlang weniger Leute auf der Straße.

Dann kamen wir zur Canal Street. Nur noch ungefähr dreißig Straßen weiter, dachte ich grimmig. Mrs. Han ging jetzt wie eine Schlafwandlerin, langsam, aber zielstrebig.

Warum, überlegte ich immer wieder, hat sie mich eine Närrin genannt?

Plötzlich war Mrs. Han weg. Ich blieb auf der Stelle stehen und sah mich voller Panik um wie ein verirrtes Kind. Sie war einfach aus meinem Blickfeld verschwunden.

Hatte sie die Straße überquert? Ich suchte die Geschäftsfassaden auf der anderen Straßenseite ab. Nein, sie war einfach weg.

Dann erblickte ich sie wieder, wie sie mit frischem Elan weitermarschierte. Sie war von der Canal Street abgebogen und ging jetzt in einer Seitenstraße Richtung Osten.

Ich sah auf das Straßenschild. Es war die Broome Street.

Wie angewurzelt blieb ich stehen. Mein Gott! Ich hatte mich total geirrt. Sie ging nicht zu Dan Wu. Sie ging zu Anna Li – der Empfangsdame, die Ecke Broome Street/Bowery wohnte. Am anderen Ende der Canal Street war ein Telefonautomat. Ich lief über die Straße und rief noch einmal in Dan Wus Büro an. Sonny war am Apparat. Ich sagte: »Sonny! Sie geht nicht zu euch rauf. Sie geht zu der Empfangsdame – Anna Li.«

»Wo bist du, Alice?« fragte er.

»Canal Street/Ecke Broome.«

»Jetzt hör mir genau zu, Alice. Hörst du mir zu?«

»Ja. Ja!«

»Rühr dich nicht von der Stelle. Ich fahre sofort los. Ich bin in fünf Minuten dort. Hörst du mich, Alice? Bleib, wo du bist!«

Ich legte auf und wartete. Das Wetter war mild, aber mir war kalt geworden.

Er war in weniger als fünf Minuten da. In einem zivilen braunen Polizeiauto mit Blaulicht auf der Motorhaube kam er um die Ecke. Die Reifen quietschten. Er stieß die Beifahrertür auf.

Ich schrie ihn an: »Das ist eine Einbahnstraße, Sonny – du fährst in verkehrter Richtung durch eine Einbahnstraße!«

»Halt den Mund und steig ein!« schrie er zurück. Ich glitt auf den Beifahrersitz. Er langte über mich hinweg und knallte die Tür zu. Einen kurzen Augenblick lang preßte sich sein Arm an mich, dann ergriff er wieder das Lenkrad.

»Zeig mir das Haus«, sagte er, und wir fuhren los, ohne uns darum zu kümmern, daß wir die Einbahnstraße in verkehrter Richtung entlang fuhren und die entgegenkommenden Autofahrer zu Tode erschreckten.

Ein paar Sekunden später waren wir da. Sonny sprang aus dem Auto, und ich folgte ihm.

In dem Moment, als wir den kleinen Vorraum betraten, hörten wir den Schuß.

Sonny zog seine Waffe aus dem Knöchelhalfter. Dann trat er mit einem kräftigen Tritt die Innentür auf.

»Bleib hier, Alice!« schrie er und rannte die Treppe hinauf. Ich folgte ihm.

Mrs. Han stand vor Anna Lis Wohnung. Die äußere Tür war offen, aber diese seltsame Innentür war noch immer geschlossen.

Doch das Glas war zersplittert. Durch die spinnwebenförmigen Risse konnte ich bloß die zusammengesunkene Gestalt von Anna Li auf dem Fußboden erkennen.

Mrs. Han hatte die Empfangsdame durch die Glastür hindurch erschossen.

»Lassen Sie die Waffe auf den Boden fallen!« schrie Sonny die Frau an. Sie tat gar nichts. Er schrie sie auf chinesisch an. Sie reagierte noch immer nicht. Da schlug ihr Sonny die Waffe aus der Hand und stieß sie heftig gegen die Wand.

»Paß auf sie auf!« befahl er mir.

Mit dem Kolben seiner Pistole brach Sonny einen Teil der zerborstenen Glastür heraus, griff durch das Loch und öffnete die Tür von innen. Sobald er drinnen war, kniete er sich neben die Frau auf dem Boden und tastete nach ihrem Puls.

»Sie ist tot«, erklärte er. Er ging ans Telefon und wählte

911. Dann kehrte er zurück zu der Leiche und versuchte es mit Mund-zu-Mund-Beatmung. Ich brachte Mrs. Han in die Wohnung; die Waffe ließ ich auf dem Korridor am Boden liegen. Ich atmete schwer. Ich ertrug es nicht, die Leiche anzusehen.

»Es hat keinen Sinn«, sagte Sonny, richtete sich auf und starrte Anna Li an. »Es hat überhaupt keinen Sinn. Sie war schon tot, als sie zu Boden ging.«

Neugierig blickte er Mrs. Han an.

»Warum haben Sie das getan?« fragte er.

»Sie hat meine Tochter ermordet«, sagte Mrs. Han ganz ruhig.

»Nein, Mrs. Han«, antwortete Sonny müde. »Ein junger Mann, der für Ch'in Shih arbeitet, hat Ihre Tochter ermordet.«

Da begann sie zu weinen, Tränen strömten ihr über das Gesicht. Sie versuchte sich zu beherrschen und trockte sich mit den Ärmeln die Tränen ab.

»Was für Narren ihr alle seid«, sagte sie. »Was für Narren.«

»*Ich* bin ein Narr?« fuhr Sonny sie unbarmherzig an. »Sie werden wegen Mordes vor Gericht kommen, und *ich* bin ein Narr!« Traurig schüttelte er den Kopf und wollte zu mir gehen.

»Sie hat den Tod verdient«, flüsterte Mrs. Han mit monotoner Stimme. »Sie war eine Verbrecherin. Sie hat all die jungen Menschen, die dort gearbeitet haben, verdorben.«

Sonny blieb stehen und warf mir einen bestürzten Blick zu. Dann wandte er sich wieder an Mrs. Han. Er sagte: »Ich werde Sie jetzt verhaften. Und ich werde Ihnen Ihre Rechte vorlesen.« Aber er tat nichts dergleichen. Er wartete.

Mrs. Han sagte: »Nur ihr Narren wußtet es nicht. Sie hat meiner Nancy gesagt, daß sie bloß diese kleinen Papiertüten nach Boston und Scranton und Philadelphia zu bringen brauchte. Und Nancy tat es. Und die anderen Mädchen auch. Und sie gab Nancy für jede Fahrt siebenhundertfünfzig Dollar. Ich sagte Nancy, sie solle damit aufhören, aber sie wollte das Geld. Und sie sagte, es sei nicht gefährlich, alle täten es. Sogar Dan Wus Assistent ... dieser Jack Pallister. Jeder wußte, was vorging, außer Dan Wu. Der ist auch so ein Narr, dieser Mann. Vielleicht ein Heiliger, aber ein Narr.«

Sonny warf mir wieder einen Blick zu, diesmal einen verwirrten, fast vorwurfsvollen Blick.

Mit jedem Wort, das diese Frau sagte, schien sich meine Erklärung dieses Falles in Nichts aufzulösen.

Verzweifelt sagte ich: »Anna Li war eine tapfere Frau. Ich war in jener Nacht in dem Restaurant. Sie war die einzige, die versucht hat, die schießenden Männer aufzuhalten; sie war die einzige im ganzen Lokal, die sich ihnen entgegenstellte.«

»Sie Närrin!« fauchte sie mich wieder an. »Sie sprechen nicht chinesisch. Sie hat die Männer angelogen, weil sie solche Angst hatte. Sie sagte ihnen, daß meine Tochter Nancy Han diejenige sei, die den Schmuggel mit dem Rhinozeroshorn kontrolliert. Sie wußte, warum sie im Restaurant waren: es war eine Warnung. Sie sollten mit dem Handel aufhören, weil er das Monopol der Leute aus Hongkong war. Also überließ ihnen Anna Li meine Tochter ... die nur ein Bote war. Und sie haben sie umgebracht, absichtlich. Sie haben sie ermordet. Nur Narren wie Sie und Dan Wu wußten das nicht. Nur Narren wie Sie und die Polizei.«

In diesem Augenblick hörten wir Schritte auf der

Treppe – die Mühlen der Justiz begannen zu mahlen. Fotografen der Kriminalpolizei kamen und machten Aufnahmen. Die Polizisten vom hiesigen Revier kamen und nahmen Mrs. Han mit. Die Leute vom Rettungsdienst kamen und nahmen die Leiche von Anna Li mit.

Dann war die Wohnung leer, mit Ausnahme von Detective Rothwax, Detective Hoving und mir.

Sonny und ich schwiegen. Rothwax ging auf und ab. Schließlich blieb er stehen, sah mich scharf an und sagte: »Das ist ja eine schöne Bescherung, nicht wahr, Katzenfrau? Dieses Durcheinander müssen wir in Ordnung bringen, nicht wahr, Katzenfrau?«

»Nein«, antwortete ich leise, »da ist kein Durcheinander. Wir müssen bloß ein paar Dinge korrigieren.«

»Tatsächlich, Katzenfrau?« sagte er. Seine Stimme triefte vor Sarkasmus. »Nun, dann korrigieren Sie doch mal.«

Das tat ich. »Dan Wu wußte, daß Ch'in Shih die Schießerei in seinem Restaurant angeordnet hatte, aber er wußte nicht wirklich, warum. Er wußte zwar, daß Jack Pallister mit Rhinozeroshorn handelte, aber er hatte keine Ahnung, daß von seinem Restaurant aus eine großangelegte Schmuggelbande operierte, deren führender Kopf seine Empfangsdame war. Auch konnte er sich nicht vorstellen, daß sein hochverehrter Lehrer Ch'in Shih für Schmuggler und Kriminelle aus Hongkong arbeitete. Als Dan Wu dann meine Videofilme gesehen hatte und entschied, daß es Zeit wäre, den alten Mann zu verpfeifen, nannte er den einzigen Grund, der ihm einleuchtend erschien. Ein verrückter alter Mann haßte ihn, weil er gegen die Harmonie der chinesischen Küche verstoßen hatte ... weil er sich der amerikanischen Nouvelle cuisine gebeugt und ein rein vegetarisches Restaurant eröffnet hatte, was – laut Ch'in Shih – das Tao herabsetzt. Und ich habe Dan Wus Version ebenfalls geglaubt, Detective Rothwax.«

»Verdammt! Ich weiß, was für einen Fehler Dan Wu gemacht hat. Und *Sie* auch. Aber Dan Wu hatte eine Entschuldigung. Sein alter Lehrer schießt ein Restaurant in Trümmer und malt das chinesische Schriftzeichen für Suppe an die Wand. Wer würde da nicht glauben, daß die Schießerei etwas mit Suppe zu tun hätte ... mit Essen ... mit Harmonie ... mit etwas so Verrücktem? Die Frage, auf die ich von Ihnen eine Antwort haben will, Katzenfrau, ist: Warum hat dieser alte Schmuggler das gottverdammte Schriftzeichen an die Wand gemalt, wenn er Dan Wu warnen wollte, daß er mit der Schmuggelei aufhören sollte? Und warum nahm er diese blöde Katze mit?«

»Beruhigen Sie sich, Detective Rothwax, Sie schreien ja«, sagte ich tadelnd und sah Sonny an, in der Hoffnung, von ihm Unterstützung zu erhalten. Ich erhielt keine.

Ich erklärte: »Der Alte glaubte, daß Dan Wu den Hornschmuggel betrieb. Was konnte er denn an die Wand malen – ein angreifendes Rhinozeros? Einen Penis? Nein; er dachte, das Zeichen für Suppe würde reichen, Dan Wu klarzumachen, daß die Harmonie zwischen Lehrer und Schüler zerstört worden war. Der Alte glaubte, dieses Zeichen würde Drohung genug sein. Aber da Dan Wu selbst *nicht* an dem Schmuggel beteiligt war und keine Ahnung hatte, daß sein verehrter alter Lehrer ein ziviles Mitglied einer Verbrecherbande aus Hongkong war, nahm er das Zeichen für bare Münze. Wie all die anderen zornigen Proteste, die der alte Mann ihm gegenüber geäußert hatte. Dan Wu wußte, daß Ch'in Shih sein Restaurant verachtete, aber er hatte keine Ahnung, warum, also mußte er schließlich davon ausgehen, daß es wegen der vegetarischen Küche war. Ich habe dasselbe gedacht.«

»Und Mrs. Han?« fragte Rothwax. »Wenn sie wußte, daß Anna Li ihre Tochter den Mördern ans Messer geliefert hat, warum zum Teufel hat sie es uns nicht gesagt – oder Ihnen oder sonst wem?«

Ich warf Sonny einen raschen Blick zu und sah dann wieder Rothwax an. »Ein bestimmter eurasischer Kriminalbeamter hat mir einmal erklärt, daß Leute wie Mrs. Han weißen Ermittlern nur sagen, was sie hören wollen. Außerdem hatte diese Frau soeben das Kostbarste auf der Welt verloren – ihre Tochter. Sollte sie Fremden erzählen, daß ihre Tochter eine Kriminelle war? Wohl kaum. Und ich glaube, daß Mrs. Han keine Ahnung hatte, daß der freundliche alte Chinese, der ihr zum Trost eine Katze schenkte, ein Rhinozeroshorn-Schmuggler war. Oder daß er die Männer geschickt hatte, die die Schießerei veranstalteten. Mrs. Han war es egal, wer den Abzug betätigt hat. Sie wußte, daß Anna Li dafür verantwortlich war, wen die Kugel getroffen hatte. Als ich ihr sagte, daß der alte Mann des Mordes angeklagt werden würde, dachte sie daher nur daran, daß die Frau, die in ihren Augen die wahre Mörderin war, ungestraft davonkommen würde. Da drehte sie durch. Sie hat selbst Rache genommen.«

»Und die Katze?« fragte Rothwax.

»Es war genau, wie Dan Wu sagte. Der Alte befahl seinen Männern, die Katze mitzunehmen, weil die Harmonie des Restaurants zerstört war – es war zum Zentrum einer Schmuggelaktion der Konkurrenz geworden. Ch'in Shih hatte Dan Wu die Katze in ehrlicher

Absicht geschenkt, und jetzt nahm er sie ihm wieder weg. Der Herr gibt und der Herr nimmt. Selbst bei den Taoisten.«

Rothwax wandte sich an Sonny: »Ergibt das, was sie gerade gesagt hat, irgendeinen Sinn?«

Sonny antwortete: »Ich kann Ihnen darauf nicht objektiv antworten. Wissen Sie, die Katzenfrau und ich standen einander einmal sehr nahe.«

Es folgte ein peinliches Schweigen. Nie hatte ich mehr das Bedürfnis gehabt, Sonny zu trösten, als jetzt. Aber ich war auch sicher, was immer zwischen uns gewesen war, war jetzt vorbei . . . aus.

Ich machte mich zum Gehen bereit.

»Was haben Sie jetzt vor?« fragte Rothwax.

»Nun, Detective Rothwax, Sie haben viel zu tun, Sie und die Leute von Retro. Sie müssen Mrs. Han des Mordes an Anna Li anklagen. Sie müssen den Alten und seine Schläger des Mordes an Nancy Han anklagen. Und Sie müssen die restlichen Mitglieder der beiden konkurrierenden Schmuggel- und Verteilerorganisationen finden. Ich hingegen habe nur eine einzige Aufgabe, und die ist einfach. Ich muß zu Mrs. Hans Wohnung fahren, eine bezaubernde rote Tigerkatze holen und wieder nach Hause bringen.«

Angewidert winkte mich Rothwax hinaus. Sonny sah mich nicht einmal an.

## 27

Wieder einmal saßen Tony und ich in einem Mietwagen. Wir fuhren auf dem New Jersey Turnpike Richtung Süden. Ich war ruhig, fast glücklich. Millie hatte sich auf meinem Schoß zusammengerollt, genau so, wie Henrietta immer auf dem Schoß meiner Großmutter gelegen hatte. Millie wußte, daß sie auf dem Weg nach Hause war.

Aber Tony ... ach, der war mürrisch.

Ständig sagte er Sachen wie: »Weißt du, Schwedenmädel, allmählich beginne ich mich wirklich über dich zu ärgern. Woher willst du *wissen*, daß wir Rowdy wohlauf vorfinden werden? Wie kannst du so sicher sein?«

»Vertrau nur Tante Alice«, erwiderte ich immer wieder, um ihn zu beruhigen.

»Natürlich. Ein verrückter, gewalttätiger alter Schmuggler, der gleichzeitig auch eine Art taoistischer Heiliger ist, entführt den armen Rowdy aus einer Küche in Cape May, und du sagst mir, ich soll mir keine Sorgen machen.«

»Sieh das doch nicht so verbissen, Tony. Ch'in Shih hat Rowdy aus demselben Grund entführt, aus dem er Millie aus dem Restaurant geholt hat. Er nahm an, Dan Wu hätte die Lehrer-Schüler-Beziehung entweiht. Vergiß, daß er glaubte, Dan Wu sei ein Schmuggler. Vergiß das Motiv, Tony. Der Alte liebt Katzen. Millie war eine seiner Katze. Er hat sie Dan Wu als kostbares Geschenk gegeben. Er, der gibt, kann auch nehmen. Außerdem sind Verbrecher manchmal sehr tierlieb. Und oft sentimental. Als Ch'in Shih erfuhr, daß die falsche Person umgebracht worden war ... daß Nancy Han nur eine einfache Botin war ... war er schließlich so betrübt, daß er seine kostbare Millie ihrer Mutter schenkte, damit sie Gesellschaft hatte.

Ich habe einmal etwas über einen berühmten taoistischen Priester gelesen, der auch Fechter war. Taoistische Priester sind keine Buddhisten. Sie kämpfen. Das gehört zum Mittelweg. Wenn man kämpfen muß, soll man kämpfen. Jedenfalls hat dieser Priester im wahrsten Sinne des Wortes sein Leben für seine Lieblingsgrille gegeben.«

»Für eine *Grille*?« rief Tony. »Wir reden hier von einem großen alten streunenden Kater!«

Ich hielt den Mund. Wenn Tony in einer derartigen Stimmung war, hatte es keinen Sinn, mit ihm zu diskutieren. Ich kraulte Millie hinter einem Ohr. Sie schnurrte. »Achte gar nicht auf ihn«, flüsterte ich ihr zu.

Als Tony von der Autobahn abfuhr, verirrten wir uns wie üblich. Doch als wir schließlich bei der Good Taste Farm ankamen, schien sie sich nicht im geringsten verändert zu haben. Ein freundlicher Chinese begrüßte mich mit einer Verbeugung und schüttelte Tony durch das Fenster die Hand. Offensichtlich kümmerte er sich nur um die Farm, weil Ch'in Shih und seine Leute alle im Gefängnis saßen.

Kaum hatte ich die Tür geöffnet, flitzte Millie aus dem Auto und sprang durch das Gras davon, zweifellos auf der Suche nach ihren Nichten und Neffen, den kleinen Kätzchen, die bei unserem letzten Besuch herumgepurzelt waren.

»Wir sind nur ganz kurz vorbeigekommen«, erklärte Tony. »Wir suchen Rowdy.« Unser Gastgeber hatte offenbar nicht die leiseste Ahnung, wovon Tony sprach.

»Schau, dort! Schau, dort!« rief Tony plötzlich und zeigte auf das reizende kleine Farmhaus mit dem weißen Fachwerk.

Ich schaute.

Auf der niedrigen Veranda sah ich keinen geringeren als Sir Rowdy persönlich, der gelassen dasaß und das Leben und Treiben beobachtete.

Tony war vollkommen außer sich vor Freude. Er griff in die Tasche und zog ein kleines, fest verschnürtes Päckchen heraus.

Schnell ging er auf das Haus zu und wickelte es beim Gehen aus. Er rief mir zu, ich solle mitkommen. Einen Meter von Rowdy entfernt blieb er stehen und nahm grinsend das Papier ab. In seiner Hand lag ein Stück rohe, blutige Leber.

»Schau, was ich dir mitgebracht habe, Rowdy!« sagte er enthusiastisch und wedelte mit der Leber hin und her.

Ganz langsam erhob sich Rowdy, streckte sich, gähnte und schlenderte gemächlich zu dem Besucher hin.

Er schnupperte einmal an der Leber, richtete den Schwanz auf, drehte sich um und ging dann langsam und verächtlich davon. Er verschwand hinter dem Haus.

Tony war am Boden zerstört. Ich nahm ihn bei der Hand. »Rowdy hat gelernt, harmonisch zu essen«, erklärte ich. »Schließlich ist er jetzt Taoist.«

Dann gingen wir Hand in Hand langsam zum Auto zurück.

AtV

Band 1173

## Lydia Adamson
## Eine Katze bittet zum Tee

Kriminalroman

Aus dem Amerikanischen von Julia Schade

199 Seiten
ISBN 3-7466-1173-3

**Warum nicht nur Katzen auf Katzenminze fliegen ...**

Alice Nestleton, die Amateur-Detektivin, hat ein neues Hobby. Mit drei anderen Katzenliebhaberinnen baut sie mitten in Manhattan Kräuter an. Als die Damen ihren ersten eigenen Tee trinken, geschieht das Unglück: Barbara Roman stürzt von der Dachterrasse. Niemand vermag sich das Geschehen zu erklären. Da bringt Swampy, Barbaras Katze, Alice auf eine Spur. Sie entdeckt, daß Barbara jeden Morgen für zwei Stunden regelrecht verschwand. Und sie erfährt, daß Barbaras Mann seit Jahren eine verhängnisvolle Affäre hat ... eben jener Mann, der plötzlich auch Alice umgarnt.

AtV

Band 1174

## Lydia Adamson
# Eine Katze hinter den Kulissen

**Kriminalroman**

Aus dem Amerikanischen von Julia Schade

228 Seiten
ISBN 3-7466-1174-1

Weihnachten in New York. Alice Nestleton, Detektivin mit der Vorliebe für Katzen, findet endlich Zeit, sich eine Ballettaufführung anzusehen. Doch hinter den Kulissen kommt es zu einem mysteriösen Zwischenfall. Der vormals gefeierte russische Tänzer Peter Dobrynin, der nun als Vagabund umherzieht, wird erschossen. Als ihre Freundin Lucia verdächtigt wird, schaltet Alice sich ein. Ein wahrer Alptraum beginnt: Unter den Obdachlosen der Stadt sucht sie nach dem Mörder – und begegnet der ungewöhnlichsten Katze von ganz New York.

AtV

Band 1172 **Lydia Adamson**

**Eine Katze im Wolfspelz**

**Kriminalroman**

Aus dem Amerikanischen von Julia Schade

189 Seiten
ISBN 3-7466-1172-5

**Welche Rolle spielt eine Katze in einem alten, dunklen Kult?**

**Alice Nestleton, erfolglose Schauspielerin und gefürchtete Detektivin, hat einen neuen ungewöhnlichen Auftrag: Die New Yorker Polizei bittet um ihre Hilfe. Ein augenscheinlich verrückter Katzenliebhaber hält die ganze Stadt in Atem. Er hat siebzehn Menschen ermordet, um deren Katzen zu stehlen, und hinterläßt jedesmal am Tatort seine groteske Visitenkarte: eine kleine Spielzeugmaus. Mit ihren bewährten skurrilen Methoden macht Alice sich auf die Suche und gerät in ein Abenteuer, das sie in die dunkelsten Gründe New Yorks führt – in seltsame, unentdeckte Höhlen im Central Park.**

AtV

Band 1055

## Lydia Adamson
# Eine Katze kommt selten allein

Aus dem Amerikanischen von Wolfgang Neuhaus

204 Seiten
ISBN 3-7466-1055-9

**Alice Nestleton, ihres Zeichens erfolglose Schauspielerin, muß sich ihr Geld als Catsitterin verdienen. Ihr Job führt sie nach Maine, wo sie hofft, über die Weihnachtstage Ruhe und Frieden zu finden. Doch statt acht ausgelassener Katzen erwartet sie ein mausetoter Hausherr. Der liebenswürdige Harry Starobin wurde erhängt – ohne Motiv, wie es scheint. Alice beschließt, diesem ominösen Vorfall auf den Grund zu gehen. Die Spur führt auf die Rennbahn, wo Alice sich unglücklich verliebt – und wo eine Katze offenbar mehr als neun Leben hat.**

AtV

Band 1074 **Lydia Adamson**

**Eine Katze macht Theater**

**Kriminalroman**

Aus dem Amerikanischen von Julia Schade

192 Seiten
ISBN 3-7466-1074-5

**Alice Nestleton, ihres Zeichens besonders erfolglose Schauspielerin, hat nichts gegen Katzen. Im Gegenteil, sie liebt ihre Schützlinge Bushy und Pancho heiß und innig und betätigt sich sogar als professioneller Catsitter. Aber als ein Schauspielschüler, der unglücklich in sie verliebt ist, ihr eine weiße abessinische Katze schenkt, gerät sie in ernste Schwierigkeiten. Denn erstens wird die Katze sofort gestohlen, und zweitens ist der Student wenig später tot – in einer Bar erschossen.**
**Ein wahres Katzendrama beginnt. Alice läßt nichts unversucht, das Tier wiederzufinden – auch wenn sie ganz Manhattan auf den Kopf stellen muß.**

AtV

Band 1171 **Lydia Adamson**
**Eine Katze schlägt den Takt**

**Kriminalroman**

Aus dem Amerikanischen von Christiane Pavesicz

221 Seiten
ISBN 3-7466-1171-7

**Als Alice Nestleton, verkannte Schauspielerin und Catsitterin aus Passion und zum Broterwerb, mit einer wunderschönen Scottish-Fold-Katze namens Lulu nach Massachusetts aufbricht, um sie ihrer Besitzerin zu bringen und gleichzeitig ein wenig Urlaub zu machen, ahnt sie nicht, was da auf sie zukommt. Die Besitzerin von Lulu ist Geigerin in einem weltberühmten Streichquartett, das sich auf dem Land erholen und wieder zu sich selbst finden will. Kaum ist Alice angekommen, wird der Pianist Will Gryder, der dem nur aus Frauen bestehenden Quartett eng verbunden ist, erstochen aufgefunden. War eine der egozentrischen Musikerinnen die Täterin? Offenbar hatte jede von ihnen irgendwann einmal ein Verhältnis mit Gryder.**

AtV

Band 1170

# Lydia Adamson
# Eine Katze ist kein Engel

**Kriminalroman**

Aus dem Amerikanischen von
Christiane Pavesicz

207 Seiten
ISBN 3-7466-1170-9

**Es ist kurz vor Weihnachten, und Alice Nestleton, verkannte Schauspielerin und Catsitterin im Nebenjob, hat die wunderschöne Katze eines berühmten Kollegen zu betreuen. Doch Roberta, eine Schildplattkatze, dreht ab und zu vollkommen durch, wie das bei Rassekatzen häufig der Fall ist. Alice erhält den Auftrag, sie einer Katzenpsychologin vorzustellen, die schon viele Katzen von ihren psychologischen Problemen erlöst hat. Doch als sie mit Roberta in die Parxis kommt, findet sie die Ärztin erschossen an ihrem Schreibtisch. Sofort gerät ihr Ehemann, ein um viele Jahre jüngerer rumänischer Basketballspieler, in Verdacht, und bald darauf auch Alice.**

AtV

Band 1441 **Barbara Krohn**
**Der Tote unter der Piazza**
Roman

286 Seiten
ISBN 3-7466-1441-4

Endlich wieder in Neapel! Die junge Journalistin Marlen will sich bei ihrer Freundin Livia von turbulenten Liebeswirren erholen. Doch gleich bei der Ankunft lernt sie den Taxifahrer Salvatore kennen, der ihr das Labyrinth geheimnisvoller Gänge unter der Stadt zeigt – und schon ist sie mittendrin in einem Abenteuer ganz anderer Art, denn in einem abgelegenen Schacht liegt ein Toter. War es die Camorra? Selbstmord? Rauschgift? Ein Eifersuchtsdrama?
Die Neugier der beiden Frauen ist geweckt, und mit Mut, Witz und weiblicher Intuition kommen sie einem raffinierten Verbrechen auf die Spur.

Ein spannender, intelligenter Kriminalroman mit starken Frauenfiguren, eingebettet in die faszinierende Kulisse Neapels.

AtV

Band 1086

**Amy Myers**
**Mord im Motorclub**

**Kriminalroman**

Aus dem Englischen von Irmhild und Otto Brandstädter

313 Seiten
ISBN 3-7466-1086-9

**1904. Prinzessin Tatjana, seit kurzem Mrs. Auguste Didier, liebt die gerade in Mode gekommenden Automobile über alles. Vor etwa einem Jahr hat sie einen Automobil-Club für Damen der besseren Gesellschaft gegründet. Alles, was Rang und Namen hat, ist hier versammelt und frönt gemeinsam der Leidenschaft, mit bis zu 30 Stundenkilometern über die Landstraßen zu rasen. Doch die Harmonie des Clubs wird gestört durch Hester Hart, die Tochter eines Knopffabrikanten, die sich durch Reisen in den Orient einen Namen gemacht hat. Keine der adligen Damen mag sie leiden. Am Morgen des großen Automobilkorsos nach Canterbury wird Hester ermordet aufgefunden. Ein neuer Fall für Chefkoch und Detektiv Auguste Didier.**

AtV

Band 1388 **Bernard Bastable**

# Wohin mit der Leiche, Mr. Mozart

**Kriminalroman**

Aus dem Englischen von Friedrich Baadke

250 Seiten
ISBN 3-7466-1388-4

**Sollten Sie immer noch der Meinung der orthodoxen Musikgeschichte anhängen, Mozart sei 1791 mit 35 Jahren in Wien gestorben, so werden Sie jetzt eines Besseren belehrt. Wie Bernard Bastable zu berichten weiß, ist Mozart als Kind 1764 von seiner Konzertreise nicht nach Österreich zurückgekehrt, sondern in England geblieben, wo er 1820 an einem Londoner Theater seine längst unzeitgemäßen Kompositionen dirigiert und davon träumt, noch eine große Oper auf die Bühne zu bringen, bevor er stirbt. Eines Abends hilft er notgedrungen dabei, die Leiche eines Garderobenmädchens aus dem Theater zu schaffen und in der Themse zu versenken. Neben seinen musikalischen Fähigkeiten muß Mozart nun auch kriminalistische entwickeln.**

AtV

Band 1389

# Bernard Bastable
# Zu viele Noten, Mr. Mozart

**Kriminalroman**

Aus dem Englischen von Friedrich Baadke

250 Seiten
ISBN 3-7466-1389-2

**Der Mozart, von dem uns Bernard Bastable hier berichtet, kehrte 1764 von einer Konzertreise, die er als Wunderkind mit seinem Vater und seiner Schwester unternahm, nicht nach Österreich zurück, sondern blieb in London, wo er zu einem geringgeachteten Gelegenheitskomponisten wurde, der ab und an auch einen Mordfall lösen muß. 1830 winkt ihm eine vielversprechende Aufgabe: Er darf der elfjährigen Prinzessin Victoria Klavierunterricht erteilen. Doch schon bei der ersten Lektion tritt das Mädchen mit der ungewöhnlichen Bitte an ihn heran, ihrer bigotten Mutter und deren Vertrautem bzw. Liebhaber nachzuspionieren. Noch komplizierter wird Mozarts Situation, als bei einer Liebhaberaufführung in Schloß Windsor Theaterdirektor Popper aus einem Glas mit vergiftetem Wein trinkt, das offensichtlich der Thronerbin Victoria zugedacht war.**